De ...our chez
les dinosaures

Du même auteur, dans la même série :

Perdus chez les dinosaures

Jean-Marie Defossez

Illustrations d'Yves Besnier

De retour chez les dinosaures

RAGEOT

À tous les mordus de dinosaures.

Cet ouvrage a été imprimé sur un papier
issu de forêts gérées durablement,
de sources contrôlées.

Couverture : Yves Besnier.

ISBN : 978-2-7002-3946-1
ISSN : 1951-5758

Une passion dévorante

C'est clair : les allosaures n'ont pas besoin de matériel pour pique-niquer.

Ils sont hauts comme deux parasols.

Ils ont des cuisses grosses comme des chaises, des griffes en forme de fourchettes qui pourraient fendre la planète en deux et des dents longues comme des couteaux.

Ils sont déjà tout équipés pour passer à table.

En plus, ils ont toujours les crocs !

Et avec leur gueule gigantesque, ils pourraient engloutir une machine à laver !

Bref, le temps des dinosaures, c'est le meilleur endroit pour se faire gober. Jamais je n'aurais dû y retourner. Je le savais, mais je n'ai pas pu résister. À présent, je grimpe une pente couverte de cendres et de rochers. Et j'ai beau me crier : « Plus vite, Willy ! Plus vite ! », je ne réussis pas à distancer les trois carnivores affamés qui cherchent à m'attraper.

Je risque fort de passer de mordu de dinosaures à mordu tout court !

Et de devenir le croissant tout chaud de leur petit-déjeuner !

C'est du moins ce que les trois enragés lancés à mes trousses espèrent.

Mais, nom d'un tyrannosaurus rex, je ne vais pas me laisser dévorer !!!

Je repère un passage étroit entre deux rochers. Par là, ces trois géants ne pourront pas passer !

De justesse, je parviens à m'y glisser.

– Ça y est ! Je suis sauv…

Le « é » final me reste au fond de la gorge en même temps que mes cheveux se dressent sur ma tête. De l'autre côté, il y a un quatrième dino plus gros encore. Il est allongé par terre et aux trois quarts dévoré. Visiblement, il a servi de repas à des carnassiers aux mâchoires démesurées, comme celles des trois monstres qui veulent me mordre les fesses.

Comment de si grands dinosaures ont-ils pu se faufiler là ? J'avance de quelques pas et découvre qu'il existe un passage beaucoup plus large sur ma gauche.

L'instant d'après, deux de mes trois poursuivants déboulent par cette seconde entrée. J'entends le troisième claquer des dents dans mon dos. C'était un piège !

Ils m'ont rabattu vers cet endroit exprès. Je ne peux plus leur échapper.

Les deux allosaures se ruent soudain sur moi. Je vois leur immense gueule s'ouvrir.

Je hurle :

– Nooooooooon !

Et je me réveille en sursaut et… en un seul morceau.

Quelle frousse j'ai eue ! Heureusement ce n'était qu'un rêve. Voilà ce qui se passe lorsqu'on pense sans cesse aux reptiles de la préhistoire !

J'allume ma lampe et consulte mon réveil.

Il est 7 h 30 et nous sommes le 20 juin.

Tiens donc, cela signifie que demain ce sera le solstice d'été, c'est-à-dire le jour le plus long de l'année. Lorsque ma sœur et moi sommes remontés pour la première fois au temps des dinosaures, sans le vouloir, il y a six mois, c'était au contraire le jour le plus court.

Mon regard se pose sur la photo de mon père disparu qui trône sur ma table de chevet et je soupire. J'avais tellement espéré que nous le retrouverions lors de notre voyage dans le passé ! Hélas, il n'y avait aucune trace de lui. J'ai pourtant l'intuition qu'il a basculé lui aussi accidentellement dans une autre époque. Et qu'il est bloqué là-bas.

Il me manque toujours autant. Demain, cela fera exactement un an que nous sommes sans nouvelles de lui.

Je fronce un instant les sourcils et m'exclame :

– Un an ! Mais… nom d'un ptérodactyle, c'est bien sûr !!!

Je viens de comprendre pourquoi nous n'avons pas retrouvé mon père ! Je file vers la chambre de Diana pour lui faire part de ma découverte. Je parie que cette grande marmotte dort encore. Nous nous entendons beaucoup mieux depuis notre séjour au temps des dinosaures, mais si j'entre sur son territoire sans son autorisation, elle risque de se métamorphoser en ourse furieuse !

Je gratte donc prudemment à sa porte.

– Diana ?

Pas de réponse.

J'appelle un peu plus fort en risquant trois petits coups.

Toujours rien.

Bon…

Soit elle dort vraiment, soit elle n'a pas entendu.

Pour être fixé, je frappe une dernière fois bien fort en criant :

– Diana ? Réponds-moi, tu dors ?

Une voix brumeuse me parvient enfin :

— Si je suis endormie, comment veux-tu que je parle ? Tu m'as réveillée, espèce d'idiot !

Oups ! Désolé. Enfin, puisqu'elle ne semble pas trop fâchée et qu'elle est réveillée, je peux entrer à présent.

Je découvre ma sœur enroulée dans sa couette comme une chenille dans son cocon. Ses yeux sont tout minces de sommeil.

— Je parie que tu veux encore me parler de papa, souffle-t-elle dans un bâillement.

— Oui, dis-je, je viens de comprendre pourquoi nous ne l'avons pas trouvé lors de notre voyage dans le temps.

Ma sœur soupire :

– Willy... Papa me manque à moi aussi, seulement nous devons apprendre à vivre sans lui. Il n'a pas donné signe de vie depuis un an. Je suis triste de dire ça, mais je crois qu'il reviendra quand... les brontosaures auront des dents.

Je réplique :

– Justement, les brontosaures avaient des dents ! Souviens-toi, quand nous avons remonté le temps il y a six mois, c'était le jour du solstice d'hiver, le jour le plus court de l'année. Or papa s'est évaporé sans laisser de traces le 21 juin, c'est-à-dire le jour du solstice d'été ! Ne me dis pas que c'est un hasard !

– Peut-être que si, répond Diana.

– Mais enfin, la porte pour voyager dans le temps, ce sont les cercles de pierres de Stonehenge. Or ces pierres sont disposées en fonction de la position du soleil lors des solstices d'été et d'hiver. Demain, nous serons à nouveau le 21 juin. Je suis sûr que si nous repartons dans le temps, nous arriverons cette fois à la même époque que papa !

Je fixe ma sœur avec inquiétude. Est-elle convaincue ? Il le faut sinon elle refusera de m'accompagner.

Sans bouger de sous sa couette, elle rétorque d'un air buté :

– Ce n'est qu'une supposition.

– En effet, mais je sens que j'ai raison !

– Moi, ce que je sens encore c'est le souffle des deinonychus sur mes talons. Retourner à l'époque de tes lézards chéris serait de la folie ! Combien de fois avons-nous failli leur servir de dîner ?

– Nous n'avions aucun matériel. Cette fois, nous emporterons de quoi nous défendre.

– Ah bon, je ne savais pas que tu étais copain avec Iron Man. Parce qu'à moins qu'il te prête son armure, la meilleure façon de ne pas finir en steak haché, c'est de rester ici.

– Diana, papa est là-bas, tout seul. Nous devons l'aider !

Ma sœur lève les yeux au ciel

– Tu n'as aucune preuve, insiste-t-elle.

C'est vrai, mais je sais que j'ai raison : papa est vivant !

Seul contre tous

Je quitte la chambre de ma sœur et dévale les escaliers pour tout expliquer à ma mère. Je m'écrie en franchissant la porte de la cuisine :

– Maman, maman, papa est viv...

Je m'arrête net. Ma mère n'est pas seule. Elle est avec Gaël, un des amis de papa. Ces dernières semaines, il est passé très souvent à la maison. Que fait-il ici si tôt le matin ? Et pourquoi a-t-il la main posée contre celle de maman ?

– Bonjour mon chéri, déclare ma mère, viens nous faire un bisou. Tu voulais dire quelque chose ?

Au lieu d'avancer, je les dévisage un instant tour à tour. Je leur trouve des regards un peu curieux à tous les deux. Misère, maman ne serait pas en train de... tomber amoureuse d'un autre homme ? Si c'est le cas et que je parle de papa, elle ne me croira pas. Pire, elle m'interdira de tenter un autre voyage dans le temps. Et je serai obligé de désobéir. Alors que si je me tais...

Je leur fais à chacun un baiser minuscule (surtout à Gaël!) et je réponds :

— Finalement non, ce n'est pas important, maman.

Et je remonte comme une flèche avertir ma sœur.

— Diana! Il y a urgence! Maman est sur le point de remplacer papa!

— Qu'est-ce que tu racontes encore ? soupire-t-elle en fouillant son placard à vêtements.

— Gaël est avec elle, dans la cuisine!

Ma sœur hausse les épaules.

– Ça ne veut rien dire. Gaël venait aussi prendre le café quand papa était là.

– Jamais aussi tôt le matin. Et puis là, il regarde maman bizarrement et lui tient la main.

C'est au tour de Diana de s'immobiliser et de réfléchir.

– Tu es sérieux?

Elle papillote des yeux et poursuit au ralenti, comme sous l'effet d'un charme :

– Gaël serait assez chou comme beau-père. Il est drôle et travaille pour le cinéma. On aurait plein de places gratuites…

Je quitte la chambre de ma sœur en traînant les pieds. Elle continue à parler, mais j'en ai assez entendu. Pauvre petit papa. Maman et Diana ne t'ont pas attendu longtemps. Je sais pourtant que tu es toujours en vie ! Je le sens en moi !

Je serre les poings et murmure :

— Puisque c'est ainsi, j'irai te chercher tout seul, je te trouverai et te ramènerai. Et c'est ensemble qu'on ira au ciné…

Durant la journée, pour n'éveiller aucun soupçon, je ne parle plus de papa. Dans ma tête, par contre, c'est la tempête. Je ne pense qu'à lui et à mon futur voyage. Diana a raison : retourner à l'ère secondaire est terriblement dangereux. L'idéal serait d'emporter un fusil ou même un tank, mais ce n'est pas possible. À la place, je me procure discrètement un couteau de cuisine costaud et tranchant, quinze mètres de corde, une boussole, du fil, un briquet tout neuf.

J'ajoute une gourde en métal, des barres de céréales, un paquet de cacahuètes salées (c'est très nourrissant et j'adore!), une mini-pharmacie de voyage, un rouleau de papier aluminium et une lampe de poche dynamo qui peut recharger les portables. J'emprunte aussi le pistolet de détresse que mon père emportait lorsque nous partions faire de la voile. Il ne tire pas des balles, mais des fusées éclairantes. Aucun dino n'y résistera.

Je place le tout dans un solide sac à dos. Je glisse également mon couteau suisse dans une des poches de mon jean.

Quand arrive le soir, il me manque deux accessoires indispensables : le pendentif de Diana et son téléphone portable. Le pendentif, avec sa dent de dinosaure fossile, déclenche le voyage dans le temps lorsqu'on se trouve à Stonehenge. Il provient d'un vide-greniers. C'est notre mère qui le lui a offert à Noël sans se douter de ses propriétés. Quant au téléphone portable, il permet de détecter les ondes qui viennent de la porte de retour et ainsi de regagner notre époque.

Au moment du coucher, maman m'embrasse et me dit :

— Ne trouves-tu pas que Gaël est vraiment sympathique, Willy ?

Je réponds par un minuscule « Hum ».

— J'aimerai toujours ton père, Willy, ajoute-t-elle, mais voila un an qu'il est parti. La compagnie de Gaël me fait du bien. Il est toujours prêt à m'aider et il vous aime beaucoup, tu sais.

Je rétorque :

– Diana et moi aussi nous t'aimons beaucoup !

Je suis à deux doigts d'ajouter que papa aussi puisqu'il est vivant et que nous pourrions aller le chercher ensemble, mais ma mère dépose un baiser sur mes cheveux et murmure :

– Je sais que vous m'aimez, mon chéri. Vous êtes mes trésors pour la vie. Soyez toujours prudents. S'il vous arrivait malheur, je mourrais de chagrin.

Et elle sort de ma chambre.

Les paroles de ma mère trottent dans ma tête durant plus d'une heure.

Elle nous aime, mais se sent parfois seule, même si elle n'a pas oublié papa.

La meilleure solution est donc de le ramener. Pour cela je dois risquer ma vie en repartant à l'époque des dinosaures. Mais maman a aussi dit de ne pas prendre de risques. Que dois-je faire?

Si au moins Diana avait accepté de m'accompagner. À deux nous aurions plus de chances de réussir…

Je songe très fort à mon père et je me décide. Tant pis pour le danger, je ne peux pas le laisser tomber, c'est impossible.

Je choisis de régler mon réveil sur trois heures du matin. Diana et maman seront profondément endormies. Je pourrai prendre tranquillement ce qui me manque encore et elles ne me verront pas partir avec mon sac sur le dos. D'ici là, je dois dormir. Demain, j'aurai besoin de toute mon énergie.

Départ précipité

Mon réveil sonne à trois heures pile. Je m'habille en silence. Puis, muni d'une lampe de poche, je me faufile dans la chambre de Diana. Son portable est posé sur sa table de nuit, en train de se recharger. Parfait, je n'ai qu'à le débrancher.

Ensuite, il me faut son collier. Oh non ! Elle le porte à son cou. Je n'ai pas le choix. Je dois le dénouer.

Nom d'un shunosaurus, si je la réveille, elle va me tuer !

Je coince ma lampe de poche entre mes dents pour libérer mes deux mains et m'efforce d'ouvrir le fermoir. Diana entrouvre soudain les yeux ! J'éteins à toute vitesse. Debout dans le noir, j'attends que la respiration de ma sœur ralentisse. Puis, les doigts tremblants, je poursuis l'opération.

Ça y est ! Je n'ai plus qu'à tirer sur la chaîne ! Je quitte sa chambre sur la pointe des pieds, referme la porte et passe à mon cou la dent de dinosaure fossilisée. Cette fois, mon matériel est complet. Je n'ai plus qu'à enfiler mon sac à dos et à filer jusqu'à Stonehenge.

L'air extérieur est très frais. La lune brille comme un gros œil rond. Sur mon vélo, je grelotte un peu de froid, mais aussi un peu de peur. À quelle époque vais-je aboutir ? Suis-je vraiment certain d'y retrouver papa ? Lors de notre premier voyage, les carnivores étaient redoutables, mais ils avaient une taille humaine. Que se passera-t-il si, comme dans mon rêve, je suis attaqué par un groupe d'allosaures ?

Arrivé près de Stonehenge, je cache mon vélo dans un buisson. Je vérifie que le portable de Diana est bien dans ma poche, ainsi que la lampe de poche dynamo. Puis j'avance vers les cercles de pierres à la lueur des étoiles.

Un phare apparaît soudain sur la route. C'est un cycliste. Que vient-il faire par ici à cette heure ?

Pour ne pas être repéré, je me couche par terre.

Mince alors, au lieu de passer outre, il s'engage sur le même sentier que moi.

— Willy, montre-toi, ordonne une voix. Je sais que tu es là !

Triple zut, c'est Diana ! Elle s'est réveillée ! Elle va essayer de m'empêcher de partir.

Je fais quoi ? Je fonce ?

Je n'ai pas le choix !

D'un bond, je me redresse et cours vers les cercles de pierres. Ma sœur se lance aussitôt à ma poursuite.

— Willy, tu es fou de partir seul. Arrête !

Trop tard. Rien ne me fera changer d'avis.

La dent fossile du collier s'illumine comme un soleil. La seconde d'après, le sol devient éblouissant à son tour. Je bascule dans le vide en hurlant :

— C'est PARTIIIIII !

Immersion dans le passé

J'ai à peine fini ma phrase que je reçois un choc magistral dans le dos. J'ouvre la bouche pour crier et vois des bulles défiler devant mes yeux. Nom d'un mosasaure, j'ai atterri dans l'eau !

Par chance, il fait jour. Je distingue la surface qui scintille quelques mètres au-dessus de moi. Je remue bras et jambes pour remonter. J'ai beau m'agiter, je continue à m'enfoncer. Que se passe-t-il ?

Je comprends tout à coup : le poids de mon sac à dos bourré de matériel m'en-

27

traîne vers le fond. Si je ne m'en débarrasse pas, je vais me noyer !

En me tortillant, je parviens à me libérer des sangles. Mais le clip de la ceinture ventrale est coincé. Pas moyen de le détacher ! Je continue à couler !

Alors que je m'imagine déjà transformé en fossile à côté d'une ammonite, une main apparaît et défait ma sangle ventrale. Je suis ensuite saisi par le col et remonté avec force vers la surface.

– Ahhh !

De l'air, enfin !

Je me retourne pour découvrir mon sauveur et j'aperçois le visage de Diana qui nage derrière moi.

Mince !

Cela signifie qu'elle m'a rattrapé avec son vélo et qu'elle est ici à cause de moi alors qu'elle ne le voulait pas. Sans elle, pourtant, je serais en train d'étouffer au fond de l'eau. Elle vient de me sauver !

Elle va m'en vouloir à mort.

Me détester pour la vie…

Tellement que, tout en battant des pieds pour garder la bouche hors de l'eau, je me mets à sangloter.

– Oh Diana… je ne voulais pas te forcer à venir. J… je te demande pardon.

Ma grande sœur m'attrape par-derrière pour m'aider à me maintenir à la surface et me murmure d'une voix chevrotante :

– Tais-toi, espèce de clown ! Si je n'avais pas été là, tu aurais fait comment ?

Elle reste silencieuse un instant avant de poursuivre :

– On n'a déjà plus de père, je ferais quoi sans un petit frère pour m'enquiquiner ?

Puis elle ajoute encore d'une voix ferme :

— Je trouve Gaël sympathique, mais je préfère notre père, bien sûr. On va donc le chercher ensemble. C'est ce que je voulais te dire en te rejoignant à Stonehenge. Tu es parti sans me laisser le temps de finir. Heureusement que je t'ai entendu descendre les escaliers !

Est-ce bien vrai ce que je viens d'entendre ? Diana ne m'en veut pas ? Quel soulagement !

On va pouvoir reformer une super équipe et retrouver papa. C'est un merveilleux programme, mais pour avoir une petite chance de le réaliser, il faut rejoindre la terre ferme. Et le plus rapidement possible ! Sans quoi, ce n'est plus dans l'eau que nous nagerons, mais dans de très gros ennuis.

Car les créatures marines de l'ère secondaire ne sont pas des gentils poissons rouges de compagnie.

Je dis à Diana :

– Nous devons sortir au plus vite de l'eau.

Nous sommes dans un bras de mer. Au loin, à notre gauche, se dresse une île conique aux flancs rouge et noir et au sommet fumant. À droite, plus proche, s'étire un rivage, puis une plaine couverte d'une épaisse végétation.

– L'île est trop éloignée, déclare Diana. Nageons vers la…

Ma sœur finit sa phrase par un cri affreux. Une tête, de la taille d'un ballon de rugby, avec des yeux verts et des pupilles fendues, vient de se dresser devant nous. Les mâchoires de l'animal sont hérissées de dents effrayantes et son cou semble interminable.

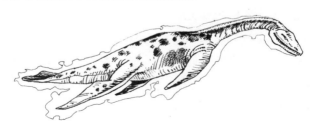

– Diana, ne bouge plus ! C'est un plésiosaure ! Il ne devrait pas nous faire du
mal, ils ne mangent que des poissons.

Trois autres têtes identiques émergent
à leur tour et nous observent d'un œil
curieux. Nom d'un ptérodaustro, leurs
dents pointues comme des clous sont
vraiment flippantes.

Tandis que Diana et moi remuons le
moins possible, deux de ces bestioles s'approchent et font claquer leurs mâchoires
au ras de nos visages. Diana me glisse
d'une voix tremblante :

– Willy, tu es sûr qu'ils sont inoffen-
sifs ? Parce que là, j'ai la désagréable
impression que ces monstres s'apprêtent
à… nous goûter.

– Mon encyclopédie est formelle, les plésiosaures se nourrissaient seulement de poissons.

– Le problème, rétorque Diana, c'est que les plésiosaures ne savent pas lire.

Je n'ai pas le temps de répondre. Le troisième animal jette sa gueule grand ouverte vers Diana. Ma sœur hurle. Son cri redouble presque aussitôt.

Entre elle et le plésiosaure, une autre tête vient de crever la surface des flots. Elle a la taille d'une auto, est munie d'une langue fourchue, de dents longues comme des couteaux. L'instant d'après, cette mâchoire gigantesque tranche net le cou du plésiosaure avant de disparaître sous la surface.

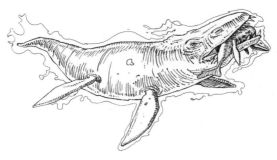

Je regarde sous l'eau et j'identifie le propriétaire de la bouche géante sans aucune hésitation. Avec un corps massif aussi long qu'un bus articulé, de solides nageoires, une bouche capable d'engloutir un requin d'un coup, c'est un liopleurodon. Une créature incroyable de quarante-cinq tonnes pour dix-huit mètres de long !

Ce super prédateur voulait-il sauver ma sœur ou tout simplement déguster un steak de plésiosaure ?

Je ne sais pas, mais le voilà qui rapplique ! Un liopleurodon est capable de filer à plus de soixante kilomètres à l'heure ! C'est la vitesse d'un cheval au galop. Si nous ne voulons pas finir au chaud dans son estomac, nous avons intérêt à battre le record du cent mètres nage libre.

Je ressors la tête de l'eau et crie :

— Décampons d'ici !

Nous nageons vers le rivage. C'est à peine si je prends le temps de respirer. Pas le temps non plus de regarder si le reptile géant nous poursuit, cela nous ralentirait et chaque centimètre compte ! Il faut maintenir l'effort sans se retourner.

Les secondes passent. À tout moment, nous risquons d'être happés comme de simples sardines.

Diana crawle à la perfection. Moi, je ne connais que la brasse. À trois reprises, elle s'arrête et m'encourage :

– Plus vite, Willy, plus vite !

Je voudrais bien, mais je suis à bout de souffle. Je jette un coup d'œil inquiet en arrière.

Au loin, des morceaux de plésiosaures rougissent les vagues. Visiblement, le liopleurodon s'est offert un festin. Je vois par instants son immense dos gris émerger de la surface de l'eau. C'est bizarre, on dirait qu'il décrit des cercles de plus en plus larges autour du lieu du carnage. Pourquoi tourne-t-il ainsi en rond ?

Je comprends tout à coup et je m'exclame :

– Diana, il nous cherche !

Les liopleurodons possédaient certainement un flair extraordinaire. Lorsqu'il sentira notre trace, il lui suffira de quelques secondes pour nous rattraper. Avons-nous une chance de lui échapper ?

La frousse aux trousses

On dit que la peur donne des ailes. Dommage qu'elle ne fournisse pas plutôt des nageoires !

Je tente de crawler. Bras gauche, bras droit, bras gauche... Je me débrouille moins bien que Diana, mais je gagne un peu en vitesse.

Rhha, je n'en peux plus ! Et mes habits trempés gênent mes mouvements.

Tout va se jouer à la seconde près. Diana a raison, je dois être fou pour avoir voulu revenir à cette époque. Fou de dinosaures, bien sûr !

Ça y est! Je distingue le fond, le rivage approche.

Une vague me pousse, suivie d'une autre. J'ai enfin pied. Je me redresse, chancelant. Je suis à bout de forces. Diana saisit mon pull et me tire vers le rivage. J'aperçois sous l'eau une forme sombre qui fonce sur nous. C'est le liopleurodon! Il nage si vite que son museau soulève une gerbe d'eau. Nous avons encore cinq mètres à parcourir pour être hors d'atteinte.

Trop tard!

Il est arrivé trop tard! Nous sommes sur le sable.

Furieux qu'on lui échappe, il sort un instant la tête de l'eau, pousse un grondement sourd et repart vers le large.

Diana et moi, nous nous affalons sur la plage, haletants.

Nous sommes vivants !

Juste après que nous avons retrouvé notre souffle, ma sœur demande :

– À quelle époque sommes-nous arrivés cette fois ?

Je me redresse et observe le paysage.

– Nous sommes au jurassique supérieur, dis-je. Ça fait au moins vingt à trente millions d'années plus tôt que la première fois.

– C'est à cause des plésiotrucs et de l'espèce de dragon que tu dis ça ?

– Oui et grâce à ces petits coquillages échoués autour de nous qui ressemblent à des coques. Ce sont des eudésias. Ils sont typiques de cette période plus chaude que le crétacé. Nous n'aurons pas froid, il fait bien 30 degrés.

– Et quelles autres charmantes bêtes allons-nous rencontrer ? questionne Diana en ôtant son imper.

– Des allosaures, les ancêtres du célèbre tyrannosaurus rex.

Ma grande sœur déglutit avec difficulté. J'ajoute :

– Heureusement, cette fois nous avons de l'équipement !

À ces mots, mon sang se glace. Bon sang ! Avec l'attaque des plésiosaures puis du liopleurodon, j'avais complètement oublié ma chute au fond de l'eau.

Je bredouille :

– Diana…

– Qu'est-ce qui se passe ? s'inquiète-t-elle. Tu es blanc comme une endive tout à coup.

– Le matériel était dans le sac à dos !

– Tout ? Mais il fallait me le dire, j'aurais plongé pour le récupérer !

– C'était trop profond. Tu n'y serais pas arrivée !

Elle essore ses cheveux trempés, pousse un soupir rageur et ajoute :

– Et mon portable qui doit nous permettre de rentrer ? Ne me dis pas qu'il est aussi en train d'apprendre à nager ?

Nom d'un archélon, elle a raison ! Où est le portable ?

Tremblant de la tête aux pieds, je tâte les poches de mon jean et en sors mon couteau suisse, un carré de papier alu plié en huit, la lampe torche dynamo et... le portable.

– Sauvés !

Ma sœur s'empare de son téléphone et grogne en serrant les dents :

– Sauf que ce n'est plus « allô ? » qu'on devra dire, mais « à l'eau ! ». Il est trempé !

– Ne l'allume surtout pas, il faut d'abord le démonter et le laisser sécher.

Vingt minutes plus tard, grâce à mon couteau suisse, le téléphone et la lampe dynamo gisent en pièces détachées sur le sable.

– Voilà, dès qu'ils seront secs, je les remonterai.

Je dévisage un instant Diana. Elle aussi est très pâle. Ce n'est pourtant pas le moment de flancher.

– Tordons nos habits pour les sécher le plus possible, dis-je. Avant de chercher des traces laissées par papa, nous devons nous trouver un abri sûr. Il nous faudrait aussi des armes.

– Et une baguette magique, ironise ma sœur.

Avant de quitter la plage, je scrute une nouvelle fois les environs. Au-delà du rivage, le sol est couvert de fougères d'où émergent de temps à autre des arbres fort curieux, sans feuilles, aux troncs hérissés de tiges vertes et horizontales. Ce paysage s'étend sur des kilomètres. Le seul relief est un piton rocheux, haut de plusieurs mètres, au contour aussi abrupt qu'une tour, qui se dresse au loin.

– Les géologues nomment ces montagnes miniatures des pains de sucre, ronchonne Diana en le désignant du doigt. Je viens de l'apprendre au cours d'histoire-géographie. Ce sont des vestiges d'un volcan.

Je suis épaté par le savoir de ma grande sœur et réponds :

– Au sommet, nous serions peut-être en sécurité !

– Un peu d'alpinisme après une séance de natation parmi les monstres, quoi de plus normal ? rétorque ma sœur. Ensuite, ce sera du saut à l'élastique, j'imagine ! En fait, je me demande ce qui est le plus dangereux : les dinos ou bien avoir un petit frère…

Hum… je pense qu'elle est un peu en colère, là. Espérons que ça passe. En attendant, ce n'est pas grave, j'ai de la motivation et de l'énergie pour deux.

Avec nos baskets qui font flotch flotch, nous remontons la plage et pénétrons dans la végétation. Les couleurs que nous observons ne ressemblent pas à celles des reconstitutions de paysages du

jurassique proposées par mon encyclopédie. Le sol est couvert d'une mousse
de couleur rouge au lieu d'être verte, et
les feuilles des fougères sont bordées de
bleu. Le plus étonnant, ce sont les arbres
sans feuilles qui se dressent çà et là.

Ils ressemblent, en beaucoup plus
grand, à ces longues brosses pleines de
poils utilisées pour nettoyer l'intérieur
des bouteilles. Certains mesurent jusqu'à
quatre fois ma taille et portent à leur
sommet une boule poilue et très allon-
gée aux allures de noix de coco.

— Tu crois que ces noix se mangent?
demande Diana intriguée elle aussi par
ces étranges végétaux.

— Je n'en sais rien.

Je m'approche pour tâter les longues
tiges vertes et ajoute :

— C'est dommage, leurs branches sont
trop fragiles. Impossible de grimper pour
en cueillir une.

Un sifflement sec résonne soudain. Je pense aussitôt aux redoutables carnivores du jurassique et je m'immobilise. Nous n'avons même pas une lance. Comment allons-nous nous protéger?

Un second cri, tout proche, nous fait à nouveau sursauter, suivi cette fois de bruits minuscules et précipités. La peur me saisit. Diana s'agrippe à mon épaule. Que faire? Nous sauver ou rester immobiles en espérant ne pas être repérés?

Un dinosaure de la taille d'un pigeon déboule tout à coup d'entre les fougères, suivi par trois, quatre, puis par des dizaines d'autres! En un instant, c'est un véritable troupeau qui nous entoure en poussant des sifflements suraigus.

Ils ont la peau jaune citron et ressemblent à des autruches miniatures sans plumes. Leur museau est fin comme un bec.

Ils portent, au sommet de leur tête, une bosse rouge très rigolote. Dressés sur leurs pattes arrière, ils courent en tous sens, y compris entre nos jambes, s'arrêtent, grattent le sol puis repartent à toute vitesse. Diana lève brusquement une jambe pour se défaire d'une de ces bestioles qui tire sur son lacet.

– Laisse-le faire, dis-je. Il croit sans doute que c'est un ver.

J'observe, émerveillé, ces petits êtres à la peau couleur de citron, qui ressemblent à des pélécanimimus mais en plus petit. Quelle vitalité, quelle énergie !

– Tu es sûr qu'il n'y a pas de danger ? interroge Diana qui bataille toujours pour récupérer sa chaussure.

– Je pense.

– Tu as dit la même chose à propos des plésiosaures !

Quelques secondes plus tard, la petite troupe passe son chemin sans nous avoir causé aucun mal. Seul s'attarde le tireur de lacet qui refuse de partir.

– Allez coco, dis-je en l'écartant. Laisse ma sœur tranquille.

Surpris d'être touché, le mini-pélécani pousse un cri, vire au brun clair tel un caméléon et s'enfuit à toutes pattes. Pattes qu'il emmêle tout à coup au point de s'étaler dans les fougères.

Diana et moi échangeons un regard et éclatons de rire. Ces mini-pélécanis sont vraiment très sympathiques.

Inexpugnable donjon

Cette rencontre avec des dinosaures rigolos a remonté le moral de ma sœur. Le mien aussi. Si ces petites bêtes survivent dans cette époque, c'est qu'il y a moyen d'échapper aux éventuels prédateurs.

Avec entrain nous reprenons notre marche vers le pain de sucre.

À trois reprises, nous croisons la troupe des mini-pélécanis. Chaque fois, certains de ces petits clowns tiennent des rameaux de fougère dans leur bec.

Ce comportement me surprend. Seraient-ils végétariens ? Leurs dents minuscules, mais pointues, indiqueraient plutôt qu'ils sont carnivores.

Ce qui est sûr par contre, c'est que Diana et moi, nous nous amusons à chaque fois de les voir courir en tous sens. Jamais je n'ai vu de bestioles aussi cocasses. Elles doivent être épuisées à la fin de la journée. Ma sœur me glisse :

— Elles me font penser à toi quand tu sais que tu vas recevoir un nouveau livre sur les dinos !

Je rétorque :

— Ou à toi, dis-je, quand tu attends ton petit copain Steve pour aller au ciné !

Nous rions à nouveau et, une heure plus tard, c'est dans la bonne humeur que nous atteignons le pain de sucre. Pour un pain, il est impressionnant.

— Eh bien, dis-je en posant ma main sur la paroi verticale, nous ne pouvions pas trouver de refuge plus solide ! Même le plus féroce des dinosaures s'y cassera les dents ! En plus, le sommet semble assez plat, nous serons confortablement installés.

Diana bascule la tête en arrière et nuance :

– À condition que nous parvenions à y grimper !

Elle entame le tour de l'énorme piton rocheux.

– Willy ! s'écrie-t-elle soudain. Viens voir !

Je la rejoins en courant. Ma sœur pointe le doigt vers deux lettres gravées dans la roche, R R, suivies d'une série de dates écrites en plus petit. La première remonte à un an, puis elles se succèdent à sept jours d'intervalle jusqu'à… la semaine dernière.

R R ce sont les initiales de notre père, Roger Robinson. Il est ici et en vie ! C'est fantastique ! Ce pain de sucre était vraiment l'endroit idéal pour laisser une inscription puisqu'on le voit à des kilomètres à la ronde.

Fou de joie, je crie à tue-tête :
– Papa ! Papa ! Nous sommes venus te…

Diana me plaque la main sur la bouche.
– Tu veux attirer tous les carnivores du coin à dîner ?

Elle pointe un doigt vers le sommet du pain de sucre et décrète :
– Commençons par grimper. De là-haut, notre voix portera plus loin et nous serons en sécurité.

Elle a raison. L'énorme bloc est hélas trop lisse pour être escaladé.

– Il nous faudrait une échelle, dis-je. Mais je n'en ai aucune au fond de ma poche…

– Je suis sûr que mon génial petit frère va trouver une solution, souffle ma sœur avec un air de défi.

Elle a raison. Creusons nos méninges. Un tronc assez haut ferait l'affaire. Un faux cocotier de grande taille est justement couché à terre un peu plus loin. Il est mort, toutes ses tiges sont tombées. Il suffira de le rouler et de le dresser contre la paroi.

À peine ai-je saisi le tronc du faux cocotier que l'écorce craque sous mes doigts. Je me retrouve avec une poignée de longs fils aussi mous que du foin dans les mains. Mince !

Ces curieux végétaux ne contiennent pas de bois, seulement des fibres !

– Ton échelle semble un peu décomposée, commente Diana.

Elle vient tester la solidité des fils en tirant dessus avec énergie et ajoute :

– Par contre, ce serait parfait pour tresser une corde.

Que faire cependant avec une corde si nous n'avons pas de grappin ?

– J'ai trouvé ! dis-je. Tresse une corde de quinze mètres environ capable de supporter notre poids. Moi, je vais chercher une pierre.

Les fibres sont si longues et résistantes que Diana fabrique une corde en moins d'une demi-heure. De mon côté, j'ai déniché un galet avec un étranglement au milieu, parfait pour y attacher la corde.

Telle une fronde, je fais tourner le caillou de plus en plus vite au-dessus de ma tête. Je commande à ma sœur :

– Ramasse l'autre bout de la corde et ne le lâche surtout pas !

Elle s'étonne :

– Qu'est-ce que tu espères ? Ta pierre ne s'accrochera jamais au sommet. Dès que tu tireras, elle retombera en bas.

Mon tir est si puissant que le galet passe par-dessus le piton en entraînant la corde derrière lui.

– Et en plus, tu as tiré trop loin ! commente Diana.

– C'est ce que je voulais, dis-je. Attends-moi là.

Je cours de l'autre côté du pain de sucre, détache la pierre et noue la corde au faux cocotier le plus proche.

– De cette manière, pas besoin de grappin, dis-je. Il n'y a plus qu'à monter par l'autre côté.

Diana est épatée.

– Bravo, lâche-t-elle, tu as assuré comme un chef !

Nous gravissons le pain de sucre à la force de nos bras. La chance est avec nous : le sommet est assez large pour s'allonger et bouger sans risque de tomber. Il y a même une petite cuvette remplie d'eau fraîche.

– Nous avons trouvé notre donjon ! déclare Diana.

Durant un bon quart d'heure, nous appelons notre père dans toutes les directions en plaçant nos mains autour de la bouche pour faire porte-voix.

Nous ne recevons aucune réponse. En direction du soleil couchant, la plaine s'étend à perte de vue. Peut-être se trouve-t-il trop loin pour nous entendre ?

– Je comptais utiliser le pistolet de détresse de papa pour tirer des fusées, dis-je. Il les aurait aperçues à des kilomètres. Hélas, il est lui aussi en train de tenir compagnie aux poissons.

Soucieux, j'ajoute :

– Une autre solution serait de faire du feu. Mais pareil, le briquet que j'avais emporté est au fond de l'eau.

Bizarrement, à l'annonce de cette double mauvaise nouvelle, le visage de Diana s'illumine. Elle s'exclame :

– Mais moi j'ai ce qu'il faut !!!

Et de la poche de son jean, elle extrait un superbe briquet argenté.

– C'est le Zippo de Steve. Il l'a oublié l'autre jour dans ma chambre.

Merci Steve ! Tu risques le cancer en fumant, mais tu nous sauves la mise !

Ma sœur bascule le capot de protection et fait tourner la petite molette avec son pouce. « Tchic, tchic. »

Il ne se forme aucune étincelle.

Les « tchic » se changent en « tchouc », en « frout » puis en plus rien du tout.

— Qu'est-ce qui se passe? s'étonne-t-elle. La molette vient de se bloquer. Ce briquet est pourtant flambant neuf.

— J'aurais préféré qu'il soit flambant tout court, dis-je.

Je m'en empare et découvre l'origine de la panne. La pierre à briquet qui, normalement, produit les étincelles a pris l'eau. Elle est si ramollie qu'elle s'est transformée en purée. Or, sans étincelle, le gaz de briquet ne peut s'enflammer.

Nous n'aurons donc pas de feu.

Nos espoirs, par contre, viennent bel et bien de s'envoler en fumée!

Un allosaure
à l'appétit féroce

Nous avons des soucis, mais je veux me montrer aussi fort qu'un titano-saure, aussi combatif qu'un vélociraptor et aussi futé qu'un troodon. Après tout, nous n'avons failli être dévorés que deux fois en quelques heures. Ça pourrait être pire !

Au lieu de me lamenter, je décide de prendre le taureau par les cornes, ou plutôt le tricératops par les cornes. Je décrète donc :

– Réglons un problème à la fois. La nuit va bientôt tomber. Le plus urgent pour l'instant est de nous installer pour la nuit et de trouver à manger.

Diana approuve d'un signe de tête. J'ajoute :

– Je vais redescendre et ramasser des mousses et des fougères qui nous serviront de matelas.

Une fois en bas, je ramasse ces plantes par pleines brassées. Puis avec mon pull, j'improvise un sac que je remplis à ras bord et que j'attache à la corde. Il suffit à Diana, restée en haut, de le hisser.

Alors que je m'éloigne de notre donjon tout en cherchant de la nourriture, je rencontre à nouveau les joyeux mini-pélécanis qui courent et grattent en tous sens. Ils sont si comiques que je m'assieds par terre pour les observer à mon aise. Je reconnais bientôt celui qui s'intéressait au lacet de ma sœur, car il est le seul à porter une tache noire près de l'œil.

Cette fois, c'est sur les fibres d'un faux cocotier mort qu'il a jeté son dévolu. Il en prend plein son bec au point qu'il manque un moment de s'étouffer. Puis il change brutalement de couleur, passant du jaune pétant au brun, pousse un sifflement très aigu et disparaît avec le reste de la bande.

Si seulement j'avais une de ces petites bêtes à la maison, ce serait génial ! À l'école, nous ferions sensation !

Je tressaille soudain en entendant un souffle rauque dans mon dos. Je me retourne et aperçois un allosaure identique à ceux de mon cauchemar. Il n'est qu'à une dizaine de mètres de moi.

Sa tête est hérissée d'une multitude de pointes osseuses. Sa bouche immense est garnie de dents aussi longues que mes mains et ses yeux rouge et noir me fixent d'un air menaçant.

Je devrais me carapater fissa. Mais ma peur est si intense que je n'arrive plus à bouger !

La bête referme tout à coup sa gueule et inspire avec force. L'air pénètre en sifflant dans ses naseaux. Nom d'un iguanodon, il va attaquer et me cisailler d'un coup de crocs !

Du haut de notre donjon, Diana a elle aussi vu le monstre. Elle hurle :

– Mais Willy, bouuuuuuuge ! Tu attends quoi ? Qu'il t'invite à danser ?

De toute ma volonté, j'ordonne à mes jambes de remuer. Elles m'obéissent enfin et je sprinte au plus court vers notre donjon.

– Diana, envoie-moi la corde !

Bien sûr, l'allosaure s'est lancé à ma poursuite et semble bien décidé à me dévorer. Contrairement à ce que j'avais espéré, les troncs des faux cocotiers morts le ralentissent à peine. Malgré son poids de plusieurs tonnes, il les survole comme un champion du cent dix mètres haies. Jamais il ne me laissera le temps de grimper sur le donjon. Il va falloir feinter.

Diana me voit tourner à gauche et s'écrie :

– Willy, où vas-tu ? Tu es dingue ?

Oui, mais juste ce qu'il faut pour rester vivant dans cette période de griffes et de crocs !

Je décris une courbe jusqu'à un endroit où de faux cocotiers vivants forment un massif plus serré. Je me glisse à l'intérieur sans difficulté, par contre l'allosaure, bien plus gros, se retrouve bien vite empêtré dans la végétation. Avant qu'il ait eu le temps de se dégager, je repars vers le donjon, saisis la corde et me réfugie au sommet.

— Pfff, dis-je hors d'haleine, mes os ont eu chaud !

Du haut de notre refuge, Diana observe l'allosaure qui tourne en grognant autour du pain de sucre, furieux que son repas lui ait filé sous le museau.

— Fiche le camp, espèce de carnivore ! lui crie-t-elle. Des millions d'années d'évolution nous séparent. Ni moi ni mon frère ne finirons dans ta grosse panse !

Elle ramasse une pierre et la jette dans sa direction. D'un mouvement vif, le puissant reptile saisit le projectile au vol et l'engloutit sans ciller.

Diana en reste bouche bée. La pierre avait la taille d'un pavé !

– Il... il l'a avalée comme un bonbon ! balbutie-t-elle.

Elle ajoute :

– On n'est pas de taille contre un monstre pareil. Même avec un fusil, on n'en viendrait pas à bout !

Une heure plus tard, tandis que la nuit commence à tomber, l'allosaure rôde toujours dans les environs.

Nous l'entendons gronder. Nous n'osons plus appeler notre père, car s'il venait à notre rencontre, ce monstre l'attaquerait.

Diana et moi, nous nous couchons l'un près de l'autre sur les mousses et les fougères que j'ai eu le temps de ramasser. Malgré la disparition du soleil, l'air reste chaud et bien que nos vêtements soient encore humides, nous ne souffrons pas du froid. Ma sœur murmure :

– Comment papa a-t-il pu échapper pendant un an à des monstres pareils ?

– Peut-être a-t-il trouvé une technique pour les mettre en fuite ?

– Avec cette bestiole dans les environs, le mieux est de rester ici et d'attendre qu'il revienne. D'après les dates, il passe toutes les semaines.

– Il faudra quand même que nous repérions la porte de retour, dis-je.

– Tu crois que le portable fonctionnera lorsqu'il sera sec ? demande Diana.

– Il le faut, sinon nous serons coincés ici.

Je ferme les yeux un instant et les rouvre aussitôt pour demander :

– Diana, tu ne m'en veux vraiment pas de t'avoir emmenée ici?

Comme je le craignais, ma sœur met un certain temps avant de répondre :

– Si, un peu.

Elle ajoute :

– Si je suis fâchée, c'est parce que tu as cru que je te laisserais tomber. Je peux être râleuse, mais je ne suis pas une lâcheuse.

Après une pause, elle souffle encore :

– Et tu sais le plus incroyable? Eh bien, au fond de moi, je crois que j'adore ce genre d'aventures complètement folles!

Je ne réponds rien mais, dans le secret de ma première nuit sous le ciel du jurassique, je souris aux étoiles.

Cette fois j'en suis convaincu. Nous allons retrouver notre père !

Nom d'un pétard !

Pang !

Je viens de m'endormir lorsqu'une détonation aussi sèche qu'un pétard déchire la nuit.

– Qu'est-ce que c'était que ce bruit ? s'écrie Diana.

Avant que je puisse répondre que je l'ignore totalement, une autre détonation retentit :

Pang !

Et une autre, toute proche.

Pang !

Il n'y a pas de lune et un épais tapis de nuages bas masque les étoiles. L'obscurité est telle que je ne vois pas mes mains.

— C'est peut-être le volcan qui se réveille, suggère ma sœur.

— Je ne crois pas, dis-je. Les bruits sont tout proches et ils proviennent de différentes directions.

Pang !

— Alors, ce sont des coups de fusil, conclut Diana d'une voix étouffée.

— Des fusils au jurassique ?

L'idée m'effleure que notre père nous a entendus et s'approche de nous en tirant sur l'allosaure avec une arme à feu. Mais papa n'a jamais possédé de revolver et la provenance des bruits change trop vite.

Bang! Pang!

Je prends peur. Diana aussi. Au point que nous finissons serrés l'un contre l'autre en nous répétant que ce vacarme va finir et qu'il ne nous arrivera rien.

L'étrange pétarade dure plus d'une heure, puis s'arrête d'un seul coup.

Nous nous rendormons en nous demandant si nous n'avons pas rêvé.

Lorsque je rouvre les yeux, il fait jour. Je pousse aussitôt un « ho » d'émerveillement. À perte de vue, une brume lumineuse a envahi la plaine, masquant le sol et la végétation. Seuls le sommet de notre pain de sucre et, au loin, le volcan fumant émergent au-dessus de cette couverture éblouissante.

J'ai l'impression d'être sur un immense tapis volant de coton et de lumière.

Un léger vent pousse cette brume merveilleuse vers la mer. En quelques minutes, comme par magie, réapparaissent les faux cocotiers et les fougères bleutées.

Diana s'éveille à son tour.

— Bon! fait-elle, l'affreux allosaure a disparu. Nous pouvons appeler papa. Ensuite, nous chercherons de quoi manger. Hier nous n'avons rien avalé.

Se rappelant le concert explosif de la nuit, elle ajoute soudain :

— Willy! C'était quoi, ces explosions?

Du haut de notre donjon, nous cherchons des indices dans le paysage. Rien ne semble avoir changé. Nous appelons notre père pendant plusieurs minutes sans succès. Puis, ma sœur revient à ses soucis d'estomac vide et propose :

— Si on goûtait les tiges des faux cocotiers?

— Elles sont peut-être toxiques, dis-je.

— Tu préfères mourir de faim?

Je réponds par un sourire amusé. Ma sœur a toujours l'exagération facile. Si elle mange trop à un repas, elle hurle qu'elle ne pourra plus franchir les portes. À l'inverse, dès qu'elle a un petit creux, elle devient aussi féroce qu'un tyrex pour se procurer à manger.

– Je sais ! s'écrie-t-elle. Tu n'as qu'à attraper un mini-pélécani. Il doit y avoir de la viande là-dessus !

Pour avoir une idée pareille, ma sœur doit être très affamée. Normalement, elle est végétarienne.

– Bien cuit, ajoute-t-elle avec une lueur gourmande au fond des yeux, ça doit être délicieux.

Je fais la moue.

– Je ne sais pas si j'ai envie de manger du dinosaure, dis-je. En plus, nous n'avons pas de feu. On ne va pas les manger crus.

– Pourquoi pas, réplique Diana en montrant les dents. Il faut s'adapter pour survivre. Surtout qu'eux, crois-moi, ils ne se gêneraient pas !

Misère, pour dire ça, ma sœur doit vraiment avoir les crocs. Si je ne lui trouve pas un petit-déjeuner, c'est moi qu'elle risque d'avaler.

– Willy ! s'exclame-t-elle soudain. Le galet que tu as attaché l'autre jour à la corde, où l'as-tu laissé ?

– Au pied du pain de sucre. Pourquoi ?

Elle empoigne la corde, se laisse glisser jusqu'en bas et court ramasser le caillou.

– Aide-moi à le remonter, ordonne-t-elle tout en nouant la corde autour.

Nous nous retrouvons bientôt tous les trois au sommet, moi, ma sœur et le galet.

– Avec ça, déclare-t-elle, nous allons faire du feu !

Avec un caillou ? La pauvre, elle a si faim qu'elle délire.

– Mais si ! insiste-t-elle. C'est du silex.

Je hausse les épaules et rétorque :

– Je sais et si tu percutes deux morceaux l'un contre l'autre, ça fait de petites étincelles. Mais elles n'allument même pas du papier journal extra-sec. J'ai essayé plein de fois avec mes copains.

Ma sœur pose un regard désolé sur son galet, pousse un gigantesque soupir et s'assied par terre, le menton sur les genoux. Pour la réconforter, je murmure :

– Ton idée était super, mais…

– Elle n'a pas fait long feu. Je sais.

J'ajoute avec un sourire :

– Tu étais pourtant tout feu tout flamme.

Diana se tape soudain la paume droite sur le front et se redresse.

– Mais on est bêtes comme des limaces ou quoi ?

Heu… Personnellement, je me sens plus malin qu'un mollusque, moins collant aussi.

Elle poursuit :

– Un truc qui ne demande qu'à s'enflammer à la moindre étincelle, on l'a dans le briquet ! Sa pierre est fichue, mais il est encore plein de gaz !

Nom d'une météorite, elle a raison !

Espoir brûlant

Les doigts tremblants d'excitation, nous brisons le galet en deux en le cognant contre le piton. Ensuite, Diana ouvre le Zippo de Steve afin de laisser sortir le gaz. Je frappe les fragments de silex l'un contre l'autre juste au-dessus.

– Waouh !

Une merveilleuse petite langue bleue apparaît aussitôt. Ma sœur s'empresse de la mettre en contact avec un tas de fougères sèches. Des flammes orangées et une belle fumée blanche s'élèvent avec des crépitements.

Nous avons réussi ! Non seulement nous allons pouvoir cuire des aliments, mais en plus papa apercevra bientôt la fumée de très loin.

— Il faut alimenter le feu, déclare ma sœur. Je descends chercher du combustible.

— OK, moi, je fais le guet. Si l'allosaure rapplique, je t'avertis.

Pendant plusieurs heures, nous amassons des réserves de combustible et entretenons le feu. De temps en temps, nous agitons nos pulls au-dessus des flammes pour faire des signaux de fumée. Mon père va-t-il bientôt arriver ?

Au loin, entre deux grondements d'allosaure, je crois soudain entendre un cri humain. Je demande aussitôt à Diana :

— Tu as entendu ?

Elle acquiesce. Nous tendons l'oreille, prêts à courir à la rencontre de notre père. Mais plus aucun cri ne nous parvient.

– C'était sans doute une bête, conclut ma sœur.

Et nous continuons d'alimenter le feu, convaincus que notre père va surgir d'un instant à l'autre.

À force, ma faim devient redoutable et, à cause des paroles de Diana, mon cerveau m'envoie des images fort appétissantes de dinosaures passés à la broche, à la chair blanche et à la peau bien dorée...

– Je comprends que tu les aimes, me glisse-t-elle adroitement comme si elle avait lu dans mes pensées, mais une passion doit aussi nourrir son homme.

Je réponds :

– J'ai très faim, c'est vrai ! Mais réfléchis ! N'importe quel savant donnerait tout pour observer des dinosaures vivants.

Et nous, qui avons cette chance, nous allons les transformer en brochettes?

– Juste quelques-uns, argumente Diana. De toute manière, ils s'éteindront dans des milliers d'années. Ce n'est pas grave si quelques-uns disparaissent tout de suite au fond de notre estomac. Franchement, une comète aurait le droit de les griller et pas nous? En plus, les mini-pélécanis ressemblent à des poulets alors, une fois qu'ils seront cuits, ce sera comme à la cantine…

Diana est convaincante. J'émets un grognement de brontosaure et soupire, vaincu :

– OK, je descends en attraper un. Tu surveilles les alentours?

Je suis déjà loin de notre donjon lorsque je trouve enfin les mini-pélécanis. Ma passion pour les dinosaures a un peu repris le dessus sur mon ventre vide. Je suis tellement heureux de les revoir que je me mets à rire.

Vais-je avoir le cœur d'en tuer un ? Et lequel choisir ? À la cantine, c'est facile : tout est déjà cuit. On consomme du bœuf, du poulet, du cochon sans penser que ces animaux ont été en vie. En plus, j'aime les dinos autant que certains aiment les chats ou les chiens. Qui mangerait du chat ou du chien ?

Peut-être quelqu'un qui aurait très faim.

Justement, Diana et moi avons terriblement faim !

Et la faim rend FÉROCE !!!

Alors que les mini-pélécanis s'agitent autour de moi et que je ne parviens pas à me décider, j'entends un sifflement étouffé.

Je fais quelques pas parmi des fougères et découvre un mini-pélécani étendu par terre. Il s'est coincé les deux pattes dans les fibres de faux cocotiers et s'est débattu jusqu'à se blesser.

Il semble pris au piège depuis plusieurs jours, car il lui reste à peine assez de forces pour lever la tête et siffler.

Je songe : « Celui-là ne va pas tarder à mourir. Qu'est-ce que ça changera si je l'emporte pour le déjeuner ? ».

Je me penche pour le ramasser. La petite bête respire à peine. Elle ferme ses beaux yeux orange et s'abandonne entre mes mains. Il me suffirait de lui serrer le cou quelques secondes et Diana et moi aurions à manger. Il ne souffrirait même pas.

Je n'ai rien mangé depuis hier matin.

Mon estomac gargouille sans cesse.

Je place mes doigts autour du petit cou et… Non, je ne peux pas faire ça.

— Ne crains rien mini-pélécani, dis-je en lui offrant une caresse. Tu es trop beau. Je vais te sauver !

J'ôte mon pull que j'avais noué à ma taille et le transforme en un sac en bandoulière. J'y glisse délicatement mon protégé et chuchote :

— À présent, que faisons-nous ? Si je ne rapporte rien, ma sœur va me tuer !

Comme s'il m'avait entendu, le blessé rouvre un œil et, de toutes ses forces, pousse un long sifflement. Ses congénères accourent aussitôt autour de nous.

Je m'exclame :

– Eh bien quoi ? Tu ne veux quand même pas que je capture un de tes copains pour te remplacer ?

Mais en voyant plusieurs mini-pélécanis ramasser des fibres du faux cocotier, je m'exclame :

– Nom d'un diplodocus, j'ai compris !

J'ai crié si fort que les mini-pélécanis prennent la fuite. Je me lance à leur poursuite.

Ils filent si vite entre les fougères que je manque de les perdre de vue à plusieurs reprises.

Tout en courant, je surveille les alentours, redoutant de voir surgir l'allosaure. Surtout que je suis désormais trop loin du donjon pour m'y réfugier.

Au bout de longues minutes de course, je débouche sur un champ de grands rochers gris. Les rochers sont si rapprochés que je me faufile entre eux avec difficulté. En revanche, les mini-pélécanis progressent à toute vitesse en sautillant d'un sommet à l'autre. Je les rejoins cependant. Au centre du champ de pierres, comme je l'espérais, ils ont tissé des nids avec des fibres de faux cocotiers. Et dans ces nids, par dizaines, sont rassemblés... des œufs!!!

J'en glisse dans mon pull autant que possible. Pas de danger qu'ils se brisent, leur coquille est souple comme du plastique. Je repars en courant vers le donjon en me guidant grâce à la colonne de fumée qui monte de notre feu.

À mi-parcours, je tombe en arrêt devant des traces gigantesques. Vu l'époque où nous nous trouvons, j'en déduis qu'elles ont été laissées par un troupeau de brachiosaures, des herbivores pouvant atteindre vingt-cinq mètres de long et peser jusqu'à cinquante tonnes. Un record.

Sur leur passage, ils ont couché des dizaines de faux cocotiers. Je profite de l'occasion pour cueillir plusieurs noix enfin accessibles. Et je file au donjon sans plus m'arrêter.

Découverte

– Tu es parti longtemps, déclare Diana
en m'aidant à grimper. J'étais inquiète.

Elle aperçoit les pattes du mini-péli-
cani qui dépassent de mon pull et ajoute :

– Enfin, on va manger !

Sans un mot, je m'assieds près de la
cuvette d'eau et j'installe le mini-péli-
cani blessé sur mes genoux. Je prends un
peu d'eau dans le creux de ma main et la
lui verse dans le bec. Le malheureux parvient à peine à avaler.

– Mais… balbutie ma sœur. Qu'est-ce
que tu fabriques ?

Je réponds :

– Cette pauvre bête allait mourir.
J'ai décidé de la soigner. Je la baptise...
Filou !

– Quoi ? hoquette-t-elle en ouvrant des
yeux ronds. Dis-moi que je rêve... On
meurt de faim et toi tu te préoccupes
d'une bestiole agonisante ? Tu es pire que
papa qui soignait les gens sans se faire
payer !

Trop content de ressembler à papa, je
souris d'une oreille à l'autre. Diana s'exclame en levant les bras au ciel :

– Et en plus, il en est fier ! On n'est
pas venus ici pour jouer au vétérinaire !

Tandis qu'elle continue à ronchonner,
je sors les œufs et les trois noix que j'ai
ramassés.

L'effet est immédiat. Diana en reste
bouche bée.

– Wi... Willy, réussit-elle à bredouiller.
Tu... es trop fort ! Pourquoi tu n'as rien
dit ?

Un compliment est toujours bon à entendre et je ris de bon cœur. Je couche Filou sur mon pull. Puis nous disposons les œufs sous les cendres chaudes. Nous nous régalons bientôt de délicieux œufs mollets de dinosaures ! Tout en savourant ce repas, j'offre des miettes de blanc à Filou. Grâce à l'eau que je lui ai donnée, il semble avoir repris quelques forces.

– Et maintenant, le dessert ! lance Diana en s'emparant avec enthousiasme d'une noix.

Elle frappe dessus avec le galet de silex pour l'ouvrir. Cependant, la coque est si solide qu'elle ne parvient même pas à l'érafler.

– Ce n'est pas un fruit, dis-je. Ou alors, c'est celui de l'arbre qui donne des boules de pétanque !

– Si on la passait au feu ? propose Diana.

Nous plaçons ce fruit blindé dans les braises. Nous ne le ressortons que lorsqu'il commence à fumer. Pour le refroidir, je verse de l'eau dessus. Je ne comprends rien à la suite, car « Bang !!! » la coque vole en éclats. Diana et moi, nous nous retrouvons les fesses par terre. De la noix, il ne reste rien à part une fine poussière brune qui flotte dans les airs.

— Nous n'aurons pas de dessert, balbutie ma sœur.

— Par contre, dis-je, nous venons de découvrir ce qui nous a tenus éveillés une partie de la nuit. Ces noix éclatent pour disperser les spores qu'elles contiennent.

— C'est tout à fait… détonant! conclut Diana.

Nous passons trois jours sur notre donjon à nous nourrir d'œufs et à maintenir le feu pour signaler notre position. L'allosaure réapparaît régulièrement et hurle sa colère, nous empêchant de partir à la recherche de notre père.

Le reste du temps, je donne à boire et à manger à Filou. Il est adorable et raffole de caresses au niveau du cou. Ma sœur, par contre, refuse de s'en occuper.

– Je suis ici pour retrouver notre père, ronchonne-t-elle. Pas pour pouponner un lézard !

Néanmoins, lorsque j'ai le dos tourné, je la vois lui grattouiller le cou en cachette.

Chaque matin, je lave sa blessure à la patte. Il ne parvient pas encore à marcher, mais il a retrouvé sa jolie couleur jaune citron et sa plaie cicatrise peu à peu.

Le soir, je l'installe contre moi et je le cajole jusqu'à ce qu'il s'endorme.

La troisième nuit, j'avoue à Diana :

– Je suis inquiet pour notre père. D'après les dates gravées dans la roche, il est venu ici chaque semaine. Il aurait donc dû passer il y a au moins trois jours.

– Je sais, déclare Diana. J'ai bien regardé toutes les dates. En un an, c'est la première fois qu'il est en retard. J'ai peur qu'il lui soit arrivé quelque chose.

– Moi aussi, dis-je. Tu te souviens du cri que nous avons entendu ? Je crois vraiment que c'était lui.

– Il faudrait fouiller les environs. Mais comment faire avec cet allosaure qui rôde?

Elle pousse un soupir et ajoute :

– Nous avons un autre souci. Cet après-midi, j'ai remonté mon téléphone. Il refuse de s'allumer.

C'est mauvais signe. Nous devons pourtant garder espoir, sinon nous n'aurons plus l'énergie de lutter. Je réponds :

– Laissons-le sécher encore un peu. Regarde la lampe de poche dynamo, elle fonctionne à nouveau.

Comme au début de chaque nuit avec l'arrivée de la brume, les noix se mettent soudain à éclater. Dans son sommeil, Filou se blottit contre moi en poussant des sifflements effrayés.

Avant de m'endormir, je pense à papa, puis à maman et je finis par rêver que nous nous retrouvons tous à la maison.

Le lendemain, une surprise m'attend. Filou est tout jaune et debout ! Dressé sur ses pattes arrière, il se réchauffe aux premiers rayons du soleil.

– Hé, dis donc… tu es guéri !

J'examine sa blessure. Une belle croûte s'est formée.

– Que vas-tu en faire à présent ? questionne Diana qui vient elle aussi de s'éveiller.

Le mieux serait de lui rendre sa liberté, je le sais. Mais je soigne Filou depuis quatre jours, je m'y suis attaché. J'adorerais qu'il reste à mes côtés.

Je réfléchis jusqu'à midi. Durant le repas, Filou saute de lui-même sur mes genoux et je l'observe, une fois de plus fasciné. Un dinosaure qui vous mange dans le creux de la main, n'est-ce pas comme un rêve merveilleux?

Je fais appel à tout mon courage et décrète que, le mieux pour lui, c'est d'être relâché. Justement, l'allosaure vorace vient de s'éloigner.

Le cœur gros, je descends en bas du pain de sucre avec Filou. Je caresse une dernière fois son cou jusqu'à ce qu'il siffle de plaisir. Et je dis en le posant par terre :

— Va rejoindre tes amis !

Filou disparaît dans les fougères sans se retourner.

Je manque de me mettre à pleurer.

Diana me rejoint et me passe gentiment un bras derrière l'épaule.

– J'aurais vraiment aimé qu'il reste, dis-je.

– Tu es un garçon généreux, Willy. Tu as fait ce qu'il fallait. Je comprends que tu sois triste. Moi aussi, je commençais à l'aimer ton Filou.

Ses paroles me mettent du baume au cœur. De grosses larmes roulent malgré tout sur mes joues. Mais alors que j'empoigne la corde pour remonter en haut de notre donjon, Filou ressort de la végétation et saute dans mes bras.

– Mon Filou!!!

Il siffle de bonheur et passe sans arrêt du jaune au vert. C'est sûr, Filou et moi sommes amis pour toujours.

Sauvetage

Filou ne se laisse pas câliner long-temps. Il saute par terre, saisit le bas de mon pantalon dans son bec et le tire avec insistance.

– Allons bon, souffle Diana amusée. L'autre voulait mes lacets, celui-là veut ton pantalon.

Mais Filou le lâche subitement et court vers les fougères.

Je m'exclame :

– Diana, je crois qu'il veut qu'on le suive !

Je me lance à sa poursuite, ma sœur hésite :

– Ce n'est qu'un dinosaure ! Sa cervelle a la taille d'un petit pois. Où veux-tu qu'il nous conduise ?

– Je ne sais pas !

– Et si l'allosaure rapplique ?

– Nous prendrons nos jambes à notre cou !

Au bout de dix minutes de course, nous arrivons devant le champ de pierres grises où les mini-pélécanis ont installé leurs nids. Filou le traverse en sautant du sommet d'un rocher à l'autre. Je crie :

– Filou, attends !

– Tu ne vois pas qu'il fait n'importe quoi ? marmonne Diana tout en se faufilant entre les rochers.

Nous arrivons essoufflés de l'autre côté.

– Nous revoilà dans les fougères, grogne ma sœur. C'était bien la peine de faire toute cette gymnastique ! Il suffisait de contourner le champ !

Cinquante mètres plus loin, Filou pénètre dans un second champ de roches plus petit. Nous le suivons tant bien que mal sur une dizaine de mètres et aboutissons face à un trou de la largeur d'un puits. Mon cœur se met à cogner comme un fou. Une corde est accrochée sur le bord !

Je préviens ma sœur restée à la traîne :

– Diana, je crois que Filou nous a conduits vers papa !

Le trou est profond et rempli d'eau au fond. Cependant, à deux mètres de la surface, une étroite galerie part à l'horizontale. Je m'agenouille pour crier :

– Papa ? Papa ? Tu es là ? C'est nous !!!

Diana me rejoint et appelle à son tour. Nous n'obtenons aucune réponse.

– Vite, dis-je, aide-moi à descendre.

Filou s'installe sur mon épaule et je me laisse filer le long de la corde jusqu'à atteindre la galerie. Il y fait très sombre.

Ma lampe dynamo serait bien utile, mais je l'ai laissée au donjon. J'avance à tâtons sur plusieurs mètres. Je frémis à l'idée de poser une main sur un serpent, une araignée ou un scorpion, il en existait déjà du temps des dinosaures. Je sursaute soudain. Mes doigts ont touché quelque chose. C'est souple. Nom d'un carcharodon, c'est une cheville entourée de tissu !

Je m'exclame :

– J'ai trouvé papa !

Je le secoue pour le réveiller. Mon père ne réagit pas et une angoisse affreuse me saisit. Et si nous étions arrivés trop tard ? Je me raisonne : s'il était mort, sa jambe serait raide et froide. Or le mollet de papa est chaud et même brûlant.

Je crie à Diana :

– Viens m'aider ! Papa a de la fièvre, il est inconscient !

Elle me rejoint. À genoux dans la galerie, nous tirons notre père vers la lumière du puits. Dans la clarté croissante, nous distinguons bientôt son visage. Il est barbu comme un yéti et a beaucoup maigri. Ses lèvres entrouvertes sont craquelées par la soif. J'ai mal de le voir dans un tel état. Je n'avais pas imaginé nos retrouvailles de cette manière.

– Papa, c'est nous, dis-je. On est là. Réponds-moi.

Ses habits sont en lambeaux, mais je remarque tout à coup une tache ronde et fort sombre dans le bas de sa chemise. Diana retrousse le tissu et s'horrifie :

– Oh non ! Pas ça !

Notre père a été mordu au ventre par un dinosaure de grande taille. La chair a été percée par plusieurs énormes dents. Il gémit soudain. Diana et moi lui prenons les mains.

— Tiens bon, papa. On va te sortir de là !

Il entrouvre un instant les yeux, puis les referme. Sa tête roule sans force sur le côté.

— Dis-nous ce qu'on doit faire, balbutie Diana désemparée. C'est toi le médecin.

Je suis, moi aussi, au bord des larmes, mais je devine que papa ne nous répondra pas. Si nous voulons le sauver, nous allons devoir nous débrouiller seuls. Je déclare :

— Ses lèvres sont sèches. Il faut lui donner à boire.

Diana hoche la tête et ajoute :

— Et d'urgence laver la blessure.

L'eau ne manque pas au fond du puits. Nous en puisons à l'aide d'un bout de tissu que nous utilisons comme une éponge.

– Il faudrait des pansements, du désin-
fectant, des antibiotiques, murmure
Diana, désolée en voyant l'état de la plaie.

Je pousse un douloureux soupir.

Nous sommes au jurassique. Il n'y a
aucune pharmacie. Diana sort son portable de sa poche, tente une nouvelle
fois de l'allumer.

– Si on savait où se situe la porte de
retour, on pourrait ramener notre père,
déclare Diana. Mais mon téléphone ne
fonctionne toujours pas !

Une idée me vient alors à l'esprit. Je
fouille les poches de papa. Elles sont
trouées et ne contiennent plus rien. Je
repars alors vers le fond de la galerie.

Dans un recoin, entre des éclats de silex et des statuettes en terre, je distingue le petit sac à dos que papa emportait toujours avec lui en promenade. Il est vide également, mais juste à côté je trouve ce que j'espérais : son téléphone portable.

Je reviens tout excité vers ma sœur. Peut-être qu'il fonctionne encore ? Les mains tremblantes, je glisse à l'intérieur la batterie de Diana. Et, miracle, l'écran s'illumine.

– Nous sommes sauvés !

Je l'enveloppe rapidement dans le papier aluminium que je conservais précieusement dans ma poche. Je ne laisse à nu qu'un bout de l'antenne. Grâce à cette astuce nous pourrons voir d'où viennent les ondes qui passent par la porte de retour. Diana m'arrache le tout des mains et remonte à la surface avec l'agilité d'un vélociraptor. Impatient, je crie :

– Alors ? Dans quelle direction elle se trouve ?

Ma sœur redescend, sans dire un mot. Elle est toute pâle. Je demande :

— Qu'est-ce qui t'arrive ? L'allosaure a voulu t'embrasser ou quoi ?

Elle s'agenouille, serre la main de papa et déclare :

— La porte est située sur l'île.

Je pense aussitôt au liopleurodon et mon estomac se change en une boule de béton. Avec ce monstre qui rôde dans le bras de mer, jamais nous ne parviendrons à atteindre l'île. Sans parler de l'allosaure qui peut à tout moment nous agresser !

Dans l'espoir de me réconforter, Filou vient gentiment se frotter contre ma main en poussant un petit sifflement.

— Nous n'aurions jamais dû venir ici, soupire Diana.

Je la dévisage un instant. Puis je regarde mon père et je réponds :

– Nous avons de gros soucis, mais je ne regrette rien. Car nous avons retrouvé papa.

Diana me fixe à son tour.

– Tu as raison ! rectifie-t-elle. Je dis n'importe quoi. On devait le faire !

Son regain de courage rallume mon espoir. Je déclare :

– Je ne sais pas encore comment, mais nous allons soigner notre père, le guérir et le ramener à la maison. Même si pour ça nous devons réduire quelques dinosaures en pâtée pour sauriens. Des brochettes d'allosaure et de liopleurodon, ça te dirait mon Filou ?

Et ce petit futé, qui comprend tout, se met à sautiller sur place en montrant sa langue avec gourmandise.

Système D, comme Dino

Comment les hommes se soignaient-ils avant que les pharmacies existent ? Diana et moi essayons de nous souvenir de ce que nous avons lu dans des livres ou vu dans des films.

Au bout d'une demi-heure et de beaucoup d'idées irréalisables, je m'écrie :

– De la mousse, il me faut de la mousse !

Diana me foudroie du regard.

– Comment peux-tu penser à manger dans des circonstances pareilles ?

Je hausse les épaules :

– Je ne te parle pas de mousse au chocolat, mais de la plante. Un jour Pat, mon ami qui est fou des Indiens, m'a raconté que les hommes-médecine soignaient les plaies profondes en les couvrant de mousse sèche. La mousse absorbait l'infection comme une éponge et permettait la guérison. Ça remplaçait les antibiotiques.

– De la mousse ? Tu es sûr ?

– Je te répète juste ce que Pat m'a dit.

– Hum, fait Diana. On peut toujours essayer. J'espère seulement que ton ami Pat va nous épater.

Filou et moi sortons du puits et récoltons de la mousse. Diana la dispose ensuite sur la blessure de papa et improvise un pansement avec de longues bandes de tissu déchirées dans le bas de nos tee-shirts.

Avant la tombée de la nuit, Diana allume un feu au bord du puits pendant que je file ramasser des œufs de mini-pélécanis. Nous les mangeons cuits. Puis, nous nous couchons de part et d'autre de papa. Par moments, son corps tremble. Je m'endors, très inquiet pour lui, avec Filou contre moi.

Nous soignons notre père de cette manière pendant trois jours. Nous lui donnons à manger, à boire, nous changeons le pansement.

Le quatrième matin lorsque je me réveille, je pose ma main sur son front et découvre avec bonheur qu'il n'est plus brûlant. L'instant d'après, il ouvre les yeux et murmure en me voyant :

– Willy ?

C'est tellement délicieux de l'entendre prononcer mon prénom ! Des larmes de joie me jaillissent des yeux. J'ai tout à coup une envie folle qu'il me serre dans ses bras, mais il est encore trop faible. Je bredouille :

– P... papa.

Avec difficulté, il lève une main et la pose sur ma joue. Il murmure :

– Willy ? Je rêve ou c'est bien toi ?

– Tu ne rêves pas. Diana et moi sommes venus te chercher en passant par Stonehenge. Nous savons comment rentrer.

Diana sort du sommeil à son tour. En découvrant la guérison de papa, elle se met à rire et à sangloter en même temps. Nous restons blottis les uns contre les autres pendant un long moment. Même Filou siffle de nous voir si joyeux. Puis mon père nous explique ce qui s'est passé le jour de sa disparition :

– Ce matin-là, un patient m'a montré une dent de dinosaure fossilisée. Je ne l'avais pas fait payer. Et comme je lui avais dit que tu adorais ces bestioles, il me l'a donnée pour me remercier. Je l'ai glissée dans ma poche. Je comptais te l'offrir, Willy, mais entre deux visites, comme c'était le jour du solstice d'été, je suis passé à Stonehenge. Vous savez que j'adore cet endroit. Dès que j'ai posé le pied dans le cercle de pierres, la dent est devenue étincelante. Le sol s'est transformé en lumière et je me suis retrouvé à cette époque, en train de nager dans un bras de mer.

Il avait échappé de justesse au liopleu-rodon, s'était fait courser par l'allosaure. Et avait trouvé refuge dans ce champ de pierres où le reptile ne parvenait pas à le suivre. Les œufs crus des mini-pélécanis l'avaient nourri et le puits lui avait offert un abri sûr pour la nuit.

Notre père fait silence un moment avant de poursuivre, prêt à pleurer :

– C'était terrible d'être seul, perdu ici, sans feu, sans outils. J'ai cru devenir fou.

– Tu es resté ici pendant un an ? demande Diana.

– Je ne pouvais pas aller loin, répond papa. L'énorme allosaure m'avait repéré, nous sommes sur son territoire et il rôde sans cesse dans les parages. Je n'étais en sécurité que dans le champ de pierres. Chaque semaine, je me risquais cepen-dant jusqu'au pain de sucre afin d'y lais-ser une trace. Je pensais que si un autre humain arrivait ici, il se dirigerait vers ce rocher.

– Oui, dis-je, nous avons vu les dates et nous t'attendions là.

Papa ajoute :

– Pour ne pas perdre la raison, j'ai fait des sculptures de vous et de votre mère. Ainsi, j'étais un peu avec vous.

Il offre une caresse à Filou et murmure :

– Et pour me tenir compagnie, j'ai apprivoisé cette petite bête.

– Ça, c'est incroyable, dis-je. Je l'ai trouvé blessé, je l'ai soigné. Et c'est lui qui nous a conduits jusqu'à toi. Diana, tu réalises quelle chance nous avons eue ?

Ma sœur acquiesce.

– Petiot, c'est comme ça que je l'ai appelé, m'était très utile, explique papa. Il a l'ouïe fine, et dès qu'il entendait l'allosaure approcher, il passait du jaune au brun pour m'avertir du danger. Il y a une semaine environ, il est parti faire un tour et n'est pas revenu. J'étais en train de le chercher quand j'ai aperçu des signaux de fumée. J'étais si excité que je n'ai pas fait attention. J'ai foncé tête baissée et l'allosaure m'a surpris et blessé tout près d'ici. Ces bestioles ne mangent que des cadavres. Elles se contentent donc de mordre leurs proies et attendent qu'elles meurent d'infection. J'ai réussi à me traîner à l'intérieur du puits. Je voulais me soigner et repartir vers le piton au plus vite, mais la fièvre m'a pris. Sans votre venue…

Je balbutie :

– Diana, tu te souviens du cri lointain que nous avons entendu ? Je suis sûr que c'était papa. Nous aurions dû aller voir !

Mon père me dévisage et murmure, très ému :

– Vous ne pouviez pas savoir, Willy, et puis vous êtes là maintenant !

Mon père a raison, mais, seuls, l'aurions-nous trouvé ?

Je me tourne vers Filou et déclare :

– Quand je pense que Diana voulait te manger !

Deux jours durant, nous laissons papa recouvrer des forces. Le pansement de mousse fait merveille. Bien que sa plaie reste douloureuse, il parvient bientôt à se lever. Notre bonheur de l'avoir retrouvé ne nous empêche pas d'avoir un souci titanosauresque : pour rentrer chez nous, il faudrait atteindre l'île et pour cela il faudrait se débarrasser de deux monstres.

— Nous ne pouvons pas traverser à la nage, estime mon père. Le liopleurodon va nous repérer et nous finirons en morceaux. Je l'ai souvent vu rôder dans le bras de mer, c'est son secteur.

— Nous devons construire un radeau, déclare Diana.

— Pour ça, on a besoin de bois, dis-je. Il n'y en a pas dans cette plaine.

— Des branches de sapins s'échouent parfois sur la plage, intervient papa. On pourrait les utiliser.

— L'allosaure va nous attaquer, rappelle Diana.

— Je n'ai rien pu faire contre lui, explique papa. Mais à présent que nous sommes trois, nous pourrions tenter quelque chose. Il existe forcément un moyen de s'en débarrasser.

Diana n'est pas de cet avis :

– Un monstre pareil! Vous rêvez? Ce lézard est blindé. Il avale les pavés qu'on lui lance comme des friandises. Pour lui régler son compte, il faudrait au moins des grenades ou un bazooka!

Je m'exclame :

– Mais des grenades, nous en avons!!!

Je m'empresse de raconter à papa comment la noix nous a décoiffés l'autre soir en libérant ses spores.

– La coque explose donc quand elle se réhumidifie après avoir séché, déclare-t-il. Je m'en doutais, car elles éclatent toujours en début de nuit, lorsque la brume envahit la plaine après une journée ensoleillée.

Le regard de Diana se met aussitôt à briller. Elle demande en plissant les yeux :

— Papa, un estomac, c'est humide, n'est-ce pas ?

— Absolument.

Ma sœur affiche alors un sourire de carnassière que je ne lui connaissais pas et conclut :

— Je crois que nous allons offrir à notre monstrueux ami une digestion explosive !

Un ennemi au tapis

Nous nous mettons à l'ouvrage sans attendre. Protégés par la super ouïe de Filou, ma sœur et moi rejoignons la zone de passage des brachiosaures et nous y récoltons de nouvelles noix. Pendant qu'elles sèchent près du feu et que papa se repose, nous tressons les cordes nécessaires à l'assemblage de notre futur radeau.

Tout en travaillant, Diana chantonne avec entrain :

– On va rentrer chez nous, les dinos ne nous chercheront plus de poux. Quant à l'allosaure, on va lui régler son sort !!!

Le soir venu, nous disposons du cordage nécessaire. Avant de m'endormir, je songe à maman. S'inquiète-t-elle de notre absence ? En tout cas, elle me manque. Nous devons être prudents et revenir vivants.

Réveillés aux premières lueurs de l'aube, nous petit-déjeunons d'œufs frais, puis papa inspecte les noix et déclare :

– Elles me semblent sèches. L'opération anti-dino peut débuter !

Munis de cinq « grenades » chacun, nous nous installons en bordure du champ de pierres, assez près du bord pour que l'allosaure nous voie, mais assez loin pour être en sécurité derrière les blocs entre lesquels il ne peut se faufiler.

Nous braillons à tue-tête :

– Allô ! Saurus !

– On est par ici !

– Viens avaler une petite noix, mon coco !

Je suis très excité et, en même temps, j'ai si peur que mes genoux me semblent mous comme de la margarine. Nos « armes » vont-elles suffire ? Je n'ai pas le temps de questionner papa. Filou vire brusquement au brun. L'allosaure nous a entendus et arrive en courant. Il est si lourd que le sol tremble sous ses pas.

Bing ! Dans le mille !

Notre père vient de lui jeter une pierre en plein museau.

Furieux, le monstre ouvre la gueule et rugit. Nous en profitons pour lui lancer trois jolies noix dans le gosier.

Il les avale comme de simples cacahuètes !

Nous lui en jetons chacun deux autres.
Puis encore deux.

– Les noix ne vont pas tarder à éclater ! s'écrie Diana. Abritez-vous !

Je me cache derrière un rocher et me
bouche les oreilles.

Pas question pour autant de quitter
la bête des yeux. Je veux assister au
spectacle d'un allosaure qui se transforme en feu d'artifice !

Je compte jusqu'à trente.

Rien ne se passe. Par contre, notre ami
est si furieux d'être nargué qu'il s'arc-
boute contre un rocher, parvient à le
pousser et, ainsi de suite, se frayant un
passage vers nous à travers le champ de
pierres.

– Oh là, fait papa. Je crois que nous
avons vendu la peau de l'allosaure avant
de l'avoir fait éclater !

Je hurle :
– Filons au puits !!!

Nous prenons nos jambes à notre cou, sauf papa qui, avec sa blessure, se déplace encore lentement. Diana et moi l'aidons de notre mieux, mais ça va être très juste. Le souffle du monstre est presque sur nous lorsque enfin « POF ! POF ! POF ! ». Les noix commencent à sauter !

L'allosaure s'immobilise aussitôt et observe avec surprise son ventre en train de gagner en volume. À la quinzième explosion, c'est trop drôle, il est aussi rond qu'un ballon et complètement coincé entre deux rochers.

– Ça y est, dis-je. Il est gonflé à bloc !

– Mais il résiste ! souligne papa.

– Toutes les noix ont sauté, précise Diana. Je les ai comptées.

Mince alors, que va-t-il se passer ?

L'allosaure pose les pattes sur son énorme ventre, ouvre la gueule et lâche tout à coup un rot à faire trembler un continent.

– Misère, murmure papa, il vient de se dégonfler à moitié !

– Moi, je ne me dégonflerai pas ! rétorque Diana. En avant !

Avec autorité, elle me tend l'extrémité d'une corde et ordonne :

– On fonce chacun d'un côté et on l'attache avant qu'il puisse à nouveau bouger !

Foncer sur un allosaure ? Je ne sais pas si c'est une très bonne idée…

Ma sœur ajoute :

– Pour maman, afin qu'on soit à nouveau réunis !

J'empoigne alors la corde et réponds :

– OK, je te suis !

Diana à gauche, moi à droite, nous nous élançons vers le monstre.

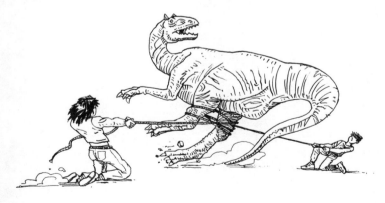

Avant que l'allosaure ait eu le temps de réagir, il est ficelé à un rocher. Ensuite, avec le reste de la corde, nous lui entravons les pattes avant et le museau.

Nous avons gagné !

Nous prenons sans tarder le chemin de la mer afin de construire notre radeau.

Une astuce qui ne manque pas d'air

Nous ramassons un maximum de branches échouées. Pendant que nous les nouons entre elles pour former un radeau, papa me demande :

– Willy, à ton avis, comment le liopleurodon repère-t-il ses proies ? A-t-il un sonar comme les dauphins ?

Je réponds :

– Non, d'après mon encyclopédie, il se sert de sa vue et, surtout, de son odorat.

– Alors, conclut-il, si nous ne touchons pas l'eau, il ne nous sentira pas.

Il soupèse plusieurs branches et ajoute, contrarié :

– Le problème est que ce bois est humide et très dense. Il ne portera pas notre poids.

– Il suffit d'en mettre beaucoup, suggère Diana.

Papa réplique :

– Tu as raison, mais alors notre embarcation sera si lourde que nous ne pourrons plus la pousser jusqu'à l'eau. Et même si nous y parvenions, nous aurions des difficultés pour la diriger et la faire avancer. Nous devons au contraire découvrir un moyen de l'alléger.

Les voyages au temps des dinosaures sont excellents pour le cerveau. Sans cesse il faut trouver des solutions.

– Des matelas gonflables auraient été parfaits, dis-je.

– Sauf que, pour l'instant, ils n'en ont plus au dino-market du coin, fait remarquer Diana.

– On pourrait utiliser les intestins de l'allosaure, suggère papa. Une fois vidés et gonflés, ils formeraient une chambre à air que nous placerions sous le radeau afin qu'il flotte davantage. Mais je ne me vois pas tuer ce monstre pour lui emprunter ses boyaux.

– Et si on utilisait des coquilles d'œufs ? dis-je. Certains dinosaures en pondent de très gros.

Diana éclate de rire :

– Et quoi ? Tu veux les couper en deux pour en faire des barques ?

– Non, ils ne seraient pas assez larges. Mon idée est de les vider en faisant un petit trou en haut et en bas et en soufflant dedans. Ensuite, on reboucherait les trous. La coquille des œufs de dinosaures est souple. Ils deviendraient des gros flotteurs.

– Excellente idée, Willy, s'enthousiasme papa. Mais avec quoi reboucher les trous ? Si on ne les rebouche pas, l'eau va pénétrer à l'intérieur.

Diana offre aussitôt la solution :

– Employons de la résine de sapin ! Il y en a sur certaines branches que nous avons ramassées. Regardez, j'en ai plein sur les mains. Ça colle comme de la glu et ça ne part pas avec l'eau !

Afin de nous procurer des œufs géants, nous suivons les traces laissées par les brachiosaures. Nous découvrons leur lieu de ponte, à une demi-journée de marche, au milieu de dunes qui longent le rivage. Les nids sont de simples creux dans le sable et les œufs ont la taille d'une belle citrouille. Profitant que les brachiosaures sont absents, nous volons chacun deux œufs.

Nous travaillons de si bon cœur que le lendemain midi, notre embarcation est prête, avec rame et gouvernail de fortune.

— Quand même, dis-je, un radeau qui utilise des œufs de brachiosaure comme flotteurs, il fallait y penser !

— Et moi, ajoute Diana, j'ai réussi à fabriquer une voile avec mon imper.

— Le vent est parfait, estime papa. Attendons qu'il fasse nuit et tentons la traversée. Dans le noir, nous aurons plus de chances que le liopleurodon ne nous repère pas.

Avec une pointe d'appréhension, je fixe l'île au sommet fumant que nous voulons atteindre. Puis je baisse les yeux sur Filou et je réalise que nous allons être séparés.

– Nous devons rentrer chez nous, lui dis-je en lui offrant une longue caresse.

Filou émet un sifflement léger. J'ajoute, la gorge serrée :

– Je ne peux pas t'emmener. À notre époque, tu devrais sans cesse te cacher.

Diana s'approche à son tour et lui frotte le cou en disant :

– Nous ne t'oublierons jamais. Grâce à toi nous avons retrouvé notre père, tu es une merveilleuse petite bête, Filou.

Et elle lui dépose un gros bisou sur le museau.

J'en suis baba. Ma sœur vient d'embrasser un dinosaure !

Mon père le cajole à son tour et ajoute :

– Les enfants ont raison, il est temps pour toi de retrouver ta vraie famille!

Et du bout des doigts, il le pousse délicatement vers les fougères. Il est malin notre Filou. Il nous observe un instant, pâlit jusqu'à devenir d'un jaune triste et, la tête basse, s'éloigne dans la végétation.

Quelques heures plus tard, la nuit est tombée. Nous poussons notre radeau jusqu'à l'eau. Pendant que papa et Diana règlent la voile, je cours vers l'endroit où l'allosaure est toujours ficelé. Je desserre un peu les nœuds qui le saucissonnent. Ainsi, à force de gigoter, il parviendra à se libérer et pourra reprendre sa vie de prédateur.

Ensuite, je reviens à la plage, enfile le sac à dos de papa que Diana a rempli de corde et je monte à bord.

Quelques instants plus tard, nous sommes partis.

Le vent nous pousse.

Notre radeau grince sous l'effet d'une petite houle. Grâce au ciré de Diana, nous glissons sur les flots sans ramer, aussi discrets qu'un dinosaure nocturne. La mer est remplie de méduses qui s'illuminent lorsque le radeau les touche.

Pêle-mêle, je pense à Filou que je ne reverrai plus, à maman vers qui nous allons et au redoutable liopleurodon.

Nous sommes à mi-parcours lorsque j'aperçois à notre gauche une lueur qui grandit sous les flots. Quelque chose fait briller les méduses. Un dos de reptile, large comme une table de cantine, émerge tout à coup. J'agrippe mon père par le bras et pointe la bête du doigt.

– Chut, fait papa.

Mon cœur se met à cogner très fort. Les liopleurodons ne sont pas des poissons, ils ont besoin de sortir la tête de l'eau pour respirer. Ne risque-t-il pas, malgré l'obscurité, d'apercevoir notre radeau?

Lentement, le monstre s'approche, enveloppé par la lumière gélatineuse des méduses. Nom d'un maiasaure, que fait-il? Il va percuter notre embarcation!

À l'ultime seconde, il plonge. Son corps sans fin défile sous le radeau et disparaît dans les flots. Je soupire, soulagé :

– Il ne nous a pas repérés.

C'est à la fois vrai et faux, car j'ai oublié une chose : tous les carnivores raffolent des œufs. Une première coquille éclate tout à coup sous mes pieds. À la place, apparaît la pointe du museau du liopleurodon. Catastrophe, il va croquer nos flotteurs les uns après les autres en espérant y trouver de quoi manger !

SOS

L'île n'est plus qu'à trois cents mètres. Arriverons-nous à temps ?

Afin d'augmenter notre vitesse, Diana et papa tendent la voile au maximum et se mettent à ramer.

Un deuxième flotteur éclate sous les dents gourmandes du dinosaure géant. Notre radeau s'enfonce un peu plus et je fixe avec appréhension l'eau qui roule à présent sur le radeau.

Au troisième œuf croqué, une vague déferle sur nos pieds.

Le liopleurodon se fige un bref instant. À tous les coups, il a senti notre odeur. Nous ne lui échapperons plus.

L'instant d'après il attaque, propulsé par sa queue puissante et ses quatre nageoires. Le choc entre le radeau et sa gueule ouverte est redoutable.

Diana et papa, cramponnés aux cordages, tiennent bon.

Je suis en revanche projeté dans l'eau, la tête la première.

À la lueur glauque des méduses, je vois le liopleurodon foncer sur moi avec la ferme intention de m'offrir une visite guidée de son estomac. Je m'intéresse depuis toujours aux dinos, mais pas à ce point ! Jamais je n'aurai le temps de remonter sur le radeau. Faute de mieux, je tends les bras pour me protéger et hurle :

– Papa, Diana, à l'aide !

Une main sur le haut de son museau, l'autre sur sa mâchoire, je réussis à empêcher l'énorme bête de m'avaler tout rond.

Il riposte en remuant violemment la tête et, je ne sais trop comment, j'aboutis sur son dos, mes bras serrés autour de son cou.

Faire du cheval sur ce dragon des mers est risqué, mais tant que je le tiens, il ne pourra pas me gober.

Il y a cependant un os avec cette technique. Et même deux pour être précis. D'abord, le liopleurodon n'apprécie pas vraiment que je lui serve de collier. Ensuite, lui et moi sommes sous l'eau, ce qui est gênant pour respirer.

Dans la bagarre, mon visage émerge, j'en profite pour inspirer à fond et entra-perçois le radeau. Papa a détaché le mât et le brandit comme un énorme gourdin. Diana me crie :

– Tiens bon, Willy !

Le liopleurodon prend brusquement la direction du radeau. Je pense très fort : « Vas-y papa ! Sonne-lui les cloches avec ton bâton ! ». Hélas, le coup au lieu de faire « ding-dong » produit juste un petit « poc » et le radeau vole en éclats sous les coups du liopleurodon. Je lâche prise et Diana et papa tombent dans l'eau à leur tour. Cette fois, nous sommes fichus !

Avez-vous déjà entendu le cri de dou-leur d'un animal de quarante-cinq tonnes ? C'est un bruit terrifiant.

Nous venions donc de tomber à l'eau Diana, papa et moi, et le liopleurodon nous fonçait dessus, bien décidé à passer à table.

Terrorisé, je ferme les yeux et hurle :
– Nooooon !

Et là, au lieu de me hacher menu, l'énorme animal émet une plainte affreuse. Un GROUAAARHHIIIIIII ! surpuissant à vous rendre aussi sourd qu'un caillou.

Je desserre les paupières et aperçois le prédateur géant plié en deux. Que lui est-il arrivé ?

La réponse me passe au ras du nez, illuminant les méduses sur son passage. Je crie à papa et Diana :

– Le liopleurodon est attaqué par trois ichtyosaures !

Les ichtyosaures sont de magnifiques dinosaures qui ressemblent aux dauphins. Et tels les dauphins d'aujourd'hui qui viennent parfois au secours de nageurs menacés par des requins, ils sont intervenus pour nous aider !

Avant que le liopleurodon ait le temps de se remettre du premier assaut, deux autres ichtyosaures le percutent à nouveau en plein ventre avec la pointe de leur museau. Le superprédateur pousse un cri de douleur, prend ses nageoires à son cou et disparaît dans les profondeurs.

Les trois ichtyosaures s'approchent de nous. Eux aussi sont impressionnants avec leur long museau garni de dents, pourtant je n'ai pas peur. Ils nous ont sauvés. Leurs grands yeux calmes et placides brillent à la lueur des méduses.

Je tends la main avec confiance dans leur direction. L'un d'eux s'avance et presse la pointe de son museau contre ma paume. J'ose une caresse et découvre que sa peau est douce et chaude. Je suis tellement ébloui que j'en oublie nos soucis. Papa me ramène à la réalité :

— Willy, je comprends que tu les trouves très beaux. Mais le liopleurodon pourrait revenir. Il faut gagner l'île.

Comme si l'ichtyosaure qui se trouvait face à moi voulait répondre à mon père, il sort la tête de l'eau et produit un son qui ressemble à un rire.

Je lui murmure avec une dernière caresse :

– Je vous remercie, toi et ta famille !

Et je suis Diana et papa qui crawlent vers l'île.

Cependant, au lieu de s'éloigner, un des ichtyosaures vient se coller à moi, si près qu'il me gêne dans mes mouvements. Que me veut-il ?

Je suis sur le point d'appeler mon père à la rescousse lorsqu'il me vient une idée. Se pourrait-il que cet ichtyosaure cherche encore à m'aider ? Pour vérifier, j'empoigne solidement son aileron dorsal. L'animal accélère aussitôt.

C'était bien ça, il voulait me tirer !

Il est si rapide qu'en trois secondes j'ai rattrapé Diana et papa. Cramponné à mon nouvel ami, je leur lance :

– Regardez ! Je n'ai plus besoin de nager !

Je distingue alors les ailerons des deux autres ichtyosaures s'approcher de mon père et de ma sœur.

– Accrochez-vous ! dis-je.

Les trois ichtyosaures nous remorquent à vive allure jusqu'au rivage. Nager avec des ichtyosaures comme avec des dauphins, qui aurait cru cela possible ?

Grâce à eux, nous sortons de l'eau sains et saufs.

– Le jour se lève, note papa. C'est parfait.

Le sable est noir et le sol couvert de cendres et de pierre ponce. Je ne suis jamais venu ici et j'ai pourtant l'impression d'avoir déjà vu ce paysage.

Dans les premières lueurs de l'aube, Diana repère le cercle de pierres que nous cherchons. Il est à mi-hauteur du sommet.

– Une petite heure de montée tranquille et nous serons à la maison ! se réjouit mon père.

Sauf que « tranquille » ne rime pas avec « ère jurassique ».

Papa a tout juste achevé sa phrase que dans un vacarme infernal, le sommet du volcan se fend en deux et un flot de lave épaisse et rougeoyante prend la direction de la précieuse porte de retour.

Nom d'un néovanator, cela va être très chaud pour rentrer chez nous !

Sur l'île du volcan

Il n'y a pas un instant à perdre. Nous devons rejoindre la porte avant qu'elle soit engloutie.

Nous tentons de courir, mais le terrain est irrégulier. Des pierres roulent sous nos pas. En plus, il faut monter! Au bout de dix minutes à peine, nous sommes forcés de ralentir. Diana et moi sommes à bout de souffle et la blessure de mon père s'est rouverte.

— Il faut continuer, murmure-t-il néanmoins à travers ses dents serrées.

Nous poursuivons donc notre ascension. Mon cœur cogne comme une grosse caisse dans mes oreilles, mais je maintiens mon effort. À chaque nouvelle explosion, des cendres et des graviers brûlants jaillissent du cratère.

– Courage, les enfants, lance papa en nous prenant par la main. Songez aux délicieux cookies de maman qui nous attendent !

Les gâteaux de maman sont en effet excellents, mais si le volcan continue à s'exciter, c'est nous qui cuirons comme des biscuits !

– Au moins, cette douche brûlante éloigne les carnivores ! dis-je.

L'instant d'après, ma sœur s'écrie :

– Papa ! Willy ! Regardez !

Je suis son doigt pointé en contrebas et aperçois, à travers la pluie de cendres, trois allosaures aussi grands que celui que nous avons affronté. Ma gorge fait un grand gloup et la mémoire me revient d'un coup. Ce paysage volcanique est celui de mon cauchemar où j'étais dévoré par trois de ces énormes théropodes.

– Ils nous ont repérés ! lance papa.

Nous forçons l'allure. Pourtant, chaque fois que je me retourne, je constate avec effroi que les trois furieux gagnent du terrain. En plus, en nous contraignant à monter tout droit, ils nous éloignent de la porte.

– Par là, s'écrie Diana en désignant un passage étroit entre deux rochers. Ils n'arriveront pas à nous suivre.

Je me pétrifie. L'endroit est identique à celui de mon rêve.

J'agrippe le bras de mon père pour l'arrêter. Le souffle haché, j'explique :

– Je… j'ai rêvé de cette poursuite. Les dinosaures connaissent un raccourci, si on passe de l'autre côté, ils vont nous coincer !

Les monstres sont désormais à moins de trente mètres. La montée les ralentit, mais ils seront bientôt sur nous.

– Qu'est-ce qu'on fait ? hurle Diana à bout de nerfs. On ne peut pas rester plantés là à attendre qu'ils nous croquent comme des pommes !

– On écoute Willy, tranche mon père. Essayons de les semer autrement.

Mais avec leurs cuisses hyper-musclées, ils sont plus rapides que nous en montée. Tôt ou tard, ils nous rattraperont.

Je me souviens soudain d'une astuce lue dans un magazine. Un promeneur, pris en chasse par un ours grizzli, avait eu la vie sauve en osant un truc fou.

– J'ai trouvé, je m'exclame. Il faut redescendre en leur fonçant dessus.

– Leur foncer dessus ? balbutie ma sœur.

– C'est se jeter dans la gueule de l'allosaure, estime mon père.

J'assure que non et ajoute :

– Suivez-moi. On va rire !

Diana se prend la tête entre les mains.

– Mon frère est fou. On va mourir dévorés par des reptiles géants et il trouve ça rigolo !

Le temps me manque pour lui expliquer. Je pousse un cri de guerre pour me remplir de courage et je m'élance vers les trois monstres en hurlant aussi fort que possible. D'abord seul, puis imité par ma sœur et mon père.

— Yaaaaaaaaa-aaaa!!! claironne papa.

— Willy est fouuuu!!! crie Diana de son côté. Et je suis sa sœur, au secouuuuurs!!!

En nous voyant débouler, les trois carnivores se figent. C'est certainement la première fois que des proies se précipitent sur eux de cette manière.

Ils se ressaisissent toutefois rapidement et se campent sur leurs énormes pattes comme des gardiens de but, prêts à arrêter un tir de penalty. Sauf que sur le sol très pentu, avec leurs longs pieds et leur forte queue, ils ont des difficultés à maintenir leur équilibre. Il nous suffit d'un bond sur le côté pour les éviter. Je crie :

— On continue!!! Il faut qu'ils nous suivent maintenant!

Les trois affreux ne se font pas prier. Furieux de nous avoir manqués, ils se précipitent à leur tour dans la descente.

Si un humain peut courir assez vite dans une pente, en revanche, les animaux avec des courtes pattes avant et un gros derrière piquent rapidement du nez. Ça ne manque pas ! Un premier allosaure bascule tête en avant et se met à rouler comme un ballon sans pouvoir s'arrêter.

Le deuxième tombe la seconde d'après. Voyant ça, le troisième tente de ralentir mais, entraîné par son élan, il trébuche et part dans un vol plané, qui fait de lui le premier dinosaure volant de plus de trois tonnes. Les trois compères achèvent leur course deux cents mètres plus bas, leur langue fourchue pendant mollement hors de la bouche, assommés !

Diana, papa et moi sommes trop pressés pour savourer longtemps notre victoire. La lave a presque atteint la porte. Nous réussissons de justesse à passer devant la coulée de roche en fusion.

Il se dégage de l'immense masse rouge et fumante une chaleur capable de rôtir un brontosaure en quelques secondes. Le sol est si chaud que le plastique de mes semelles commence à fondre.

– Vite ! lance Diana qui court en tête. Il faut entrer ensemble au centre des cercles de pierres !

Elle m'aide à soutenir papa qui est épuisé. Enfin, nous franchissons le rond de pierre. Le bijou de ma sœur s'illumine. Le décor autour de nous s'évapore dans une lumière blanche et nous atterrissons au centre des ruines de Stonehenge.

Nous avons réussi !
Nous avons ramené notre père !

Une demi-heure plus tard, je pleure…
de joie.

Mon père et ma mère viennent de
tomber dans les bras l'un de l'autre.
Comme lors de notre premier voyage,
le temps ne s'est pas écoulé à la même
manière ici et à l'ère secondaire. Maman
ne s'est pas rendu compte de mon
absence ni de celle de Diana. Par contre,
cela fait bien un an qu'elle espérait le
retour de papa. Le décalage n'apparaît
sans doute qu'au bout d'un certain temps.

Ces voyages dans le temps sont décidément curieux.

Tandis que nos parents s'embrassent amoureusement, Diana et moi montons dans nos chambres. Ils ont besoin d'intimité et, après toutes ces émotions, j'ai besoin de souffler.

J'ôte le sac de papa que j'avais gardé sur mon dos, m'allonge sur mon lit et éclate de rire en pensant à l'extraordinaire aventure que je viens de vivre. C'est décidé, je vais tout noter dans un cahier et, lorsque je serai grand, j'écrirai des romans. Ce sera *Perdus chez les dinosaures* suivi de *De retour chez les dinosaures!*

Par contre, je ne dois plus jamais essayer de retourner dans le passé, Diana a raison.

C'est beaucoup trop risqué.

Un sifflement me fait soudain tourner la tête.

Il provient de mon sac.

Je me relève d'un bond. À peine l'ai-je entrouvert qu'une tête jaune citron surgit.

Je m'écrie :
— Diana ! Diana ? Tu es prête pour une nouvelle aventure ?
De sa chambre, elle répond :
— Tu délires ?
— Non, Filou est ici. Il va falloir le ramener chez lui...

TABLE DES MATIÈRES

Retrouvez Willy et Diana dans une nouvelle aventure :

Sur le site de Stonehenge, Willy et sa sœur Diana sont happés dans une faille spatio-temporelle et atterrissent en plein Crétacé. Survivront-ils dans cet univers hostile peuplé de créatures dangereuses ?

Retrouvez la collection
Rageot Romans
sur le site www.rageot.fr

RAGEOT s'engage pour l'environnement en réduisant l'empreinte carbone de ses livres. Celle de cet exemplaire est de :

473 g éq. CO_2

PAPIER À BASE DE FIBRES CERTIFIÉES

Rendez-vous sur www.rageot-durable.fr

Achevé d'imprimer en France en août 2012
par Hérissey à Évreux (Eure)
Dépôt légal : septembre 2012
N° d'édition : 5702 - 01
N° d'impression : 119220